Wiegand Wattwurm
Neue Abenteuer auf Töwerland

Dieses Buch gehört:

Lieber Finder, lieber Freund, liebe Freundin!
Ich würde mich riesig freuen,
wenn du mir bald mein Buch zurückbringst.

Meine Adresse:

Vielen Dank!

Bernd Flessner | Bilder von Peter Pabst

Wiegand Wattwurm

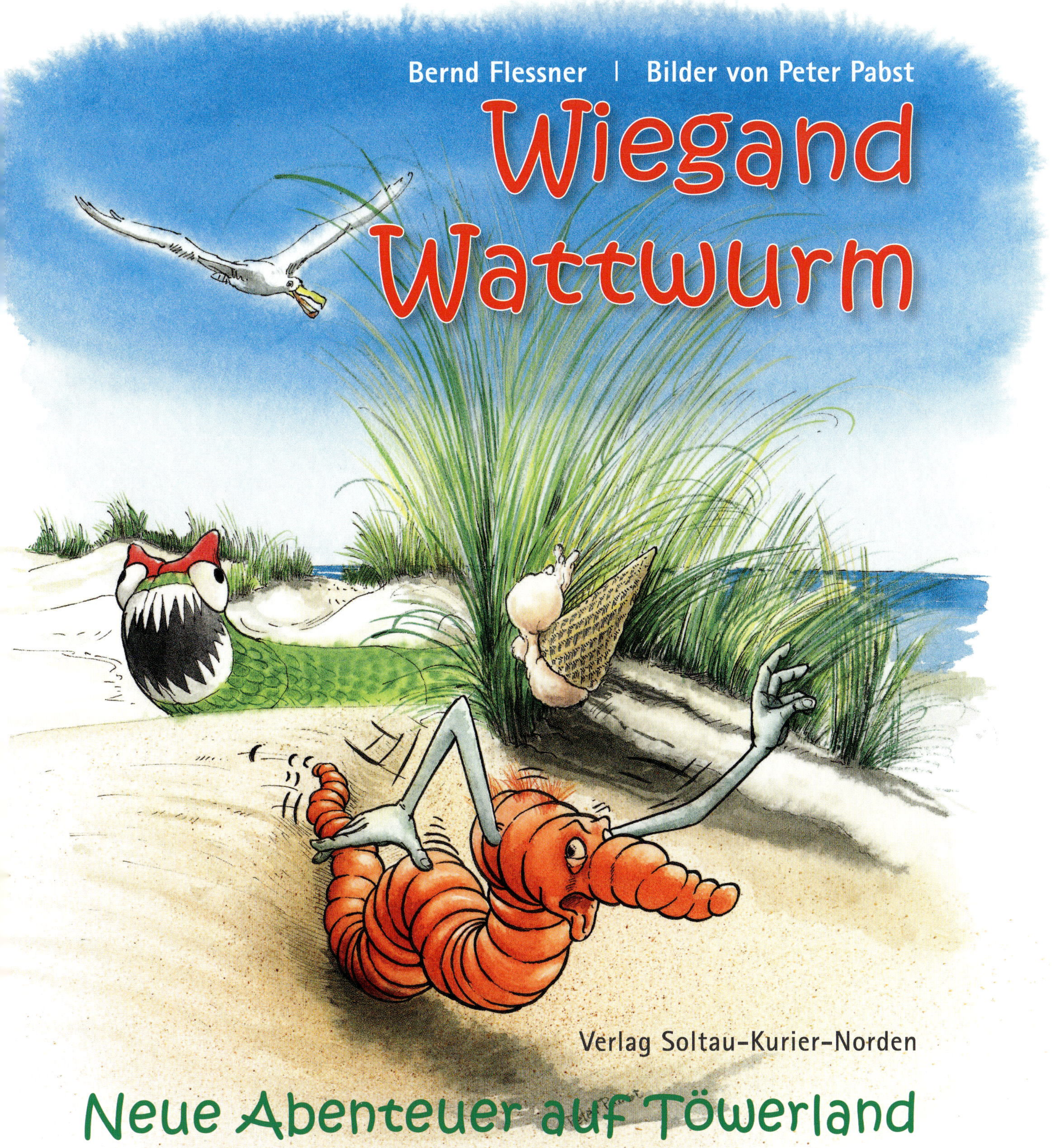

Verlag Soltau-Kurier-Norden

Neue Abenteuer auf Töwerland

Wiegand Wattwurm

Neue Abenteuer auf Töwerland

von Dr. Bernd Flessner
mit Bildern* von Peter Pabst

1. Auflage 2010
ISBN 978-3-939870-29-6

Bibliografische Information der Deutschen Bibliothek:
Die Deutsche Bibliothek verzeichnet diese Publikation
in der Deutschen Nationalbibliografie,
detaillierte bibliografische Daten sind im Internet über
<http://dnb.ddb.de> abrufbar

Verlagsanschrift:
Stellmacherstraße 14, 26506 Norden
Internet: www.skn.info, E-Mail: verlag@skn.info

Produktion: Reinhard Former

Gesetzt aus der Rotis und Kristen

Druck und Gesamtherstellung: Soltau-Kurier-Norden
Printed in Germany

Inhalt

Neue Abenteuer auf Töwerland

Töwerland ist eine Ostfriesische Insel und liegt in der Nordsee. Du schüttelst den Kopf? Du denkst, diese Insel hat sich ein Kinderbuchautor ausgedacht? Nein, eine solche Insel kann man sich nicht ausdenken. Es gibt sie tatsächlich, aber wahrscheinlich kennst du sie nur unter dem Namen, unter dem sie in der ganzen Welt bekannt ist: Juist. Doch in Ostfriesland wird Juist auch Töwerland genannt. Das bedeutet Zauberland. Ein treffender Name, denn Töwerland ist wirklich zauberhaft. Eine Welt für sich, ohne Autos und Stress, ohne Hochhäuser und Abgase. Töwerland ist die Heimat von ...

Wiegand Wattwurm.

Das heißt, eigentlich lebt Wiegand Wattwurm ja im Watt zwischen der ostfriesischen Küste und Töwerland. Dort hat er seine weit verzweigte Wohnhöhle. Aber fast jeden Tag glitscht er bei Ebbe übers Watt, um auf Töwerland ein Sanddorneis zu essen oder Freunde zu treffen. Nicht selten erlebt er dabei spannende Abenteuer. Unterstützt wird er dabei von seinen drei Nichten ...

Siefke, Lieske und Wübke.

Eigentlich hatten seine drei Nichten ihn nur für ein paar Tage besuchen wollen. Doch es hat ihnen vom ersten Augenblick an so gut bei Wiegand Wattwurm und auf Töwerland gefallen, dass sie sich entschlossen haben, bei ihrem Onkel zu bleiben. Auch andere Mitglieder der großen Wattwurmfamilie statten Wiegand ab und zu einen Besuch ab. Da ist zum Beispiel ...

Tante Regina Regenwurm.

Sie ist mit den Wattwürmern zwar nur entfernt verwandt und eine echte Landratte, besser gesagt, ein echter Landwurm, aber im Sommer wagt sie gerne einmal eine Reise ins Watt und nach Töwerland. Dort trifft sie nicht nur Wiegand, Siefke, Lieske und Wübke, sondern auch ...

Wilke Wattwurm.

Er ist der Vetter von Wiegand Wattwurm und immer für eine Überraschung gut. Mit an Bord sind natürlich auch die besten Freunde von Wiegand Wattwurm, nämlich ...

Lükko Leuchtturm und seine Freunde.

Lükko Leuchtturm, Tebbe Tintenfisch, das kluge Deichschaf Gerda, die Miesmuschel Mytilus, die blonde Seemöwe Meta, das Urlaubskind Simone und den Fischerjungen Jan kennt in Ostfriesland jedes Kind. Sie haben schon viele Abenteuer mit ihrem Freund Wiegand erlebt, vor allem natürlich auf Töwerland. Und dort spielt auch gleich die erste Geschichte ...

Peter Pabst

Die Ansichtskarte

„Alarm! An die Sandgeschütze! Flutet die Priele! Bringt die Schaumkronen in Sicherheit!", brüllte Wiegand Wattwurm durch seine Wohnhöhle.
„Das hab ich doch schon mal gehört", meinte Wübke und betrachtete ihren Onkel, der aufgeregt hin und her glitschte.
„Na klar, bestimmt hat er wieder eine Flaschenpost erhalten, in der Tante Regina Regenwurm einen ihrer Blitzbesuche ankündigt", vermutete Siefke.
„Bestimmt steht sie schon vor der Tür, wie beim letzten Mal", unkte Lieske.
„Nein, ganz so schlimm ist es nun auch wieder nicht", keuchte Wiegand, „aber immer noch schlimm genug. Wir haben nämlich Reginas Geburtstag vergessen."
„Ach, du grüne Wellhornschnecke!", entfuhr es Wübke. „Wann hatte sie denn Geburtstag?"
„In genau sechs Wochen."
„Du meinst, sie hatte vor sechs Wochen Geburtstag?"
„Nein, sie hat in sechs Wochen Geburtstag."
„Aber dann haben wir ihren Geburtstag ja doch nicht vergessen. Immerhin haben wir noch ganze sechs Wochen Zeit", freute sich Siefke.
„Wir schon", nickte Wiegand, „aber ob das auch der Deutschen Wasserpost reicht, ist eine andere Sache."
„Ach, du blauer Blasentang!", stöhnte Lieske. „Daran haben wir nicht gedacht. Die Glückwunschkarte muss ja per Flaschenpost erst in den Dollart, dann die Ems hinauf und im Küstenkanal bis nach Oldenburg!"
„Eben", brummte Wiegand, „und auf der Ems muss sie gegen den Strom an."
„Aber wenn wir die Flaschenpostkarte noch heute Abend in den Flaschenpostkasten werfen ...?"
„Dann hätte sie eine Chance, dann könnte sie mit der nächsten Flut in den Dollart und ist vielleicht doch noch rechtzeitig in Oldenburg", grübelte Wiegand. „Zumindest mit einem bisschen Glück."
„Also los, worauf warten wir", strahlte Wübke. „Ansichtskarten haben wir ja jede Menge. Und meerwassergetränkt und herrlich aufgequollen sind sie auch schon!"
Wübke hatte recht, vorgeweichte Ansichtskarten waren genügend vorhanden. Sie zeigten Töwerland von allen Seiten, von Norden und Süden, Westen und Osten. Eine Karte zeigte den Hammersee, eine andere den Hafen, eine dritte den Strand, eine vierte das Rathaus. Und genau das war das Problem. Sie konnten sich nicht entscheiden. Jeder zog ein anderes Motiv vor. Ansichtskarten sind nun einmal Ansichtssache.
„Also, für welche sollen wir uns denn nun entscheiden?", brummte Wiegand. „Wenn wir so weitermachen, schaffen wir es doch nicht mehr bis zur nächsten Flut."
„Wenn ich ehrlich bin, so richtig gefällt mir keine von den Ansichtskarten", gestand Lieske.
„Ja, irgendetwas fehlt", meinte Wübke, „ich weiß bloß noch nicht was."
„Töwerland ist ja okay, aber…", grübelte Wiegand.
„Ich glaube, ich habe die rettende Idee!", posaunte Siefke plötzlich durch die feuchte Wohnhöhle unter dem Watt.
„Los, raus damit!"

„Von wegen. So schnell geht das nun auch wieder nicht. Ein bisschen Zeit müsst ihr mir schon geben. Ich verspreche euch, das wird eine dünenstarke Überraschung", sagte Siefke und kroch davon.
„He, ich habe auch eine dünenstarke Idee!", platzte es aus Wübke heraus.
„Und ich erst!", strahlte Lieske.
„Ja, aber ...?" Ehe Wiegand den Satz beenden konnte, waren seine drei Nichten in den verschiedenen Gängen der Wohnhöhle verschwunden.
„Hoffentlich geht das gut", dachte er, „sonst sitzen wir am Wochenende noch hier und streiten uns, welche Karte die beste für Regina Regenwurm ist. Ich werde lieber einmal nachsehen."
Lieske hatte sich in die Küche zurückgezogen. Vorsichtig klopfte Wiegand an die Tür und wollte reinglitschen, doch kaum hatte er den Türgriff angefasst, schallte ihm ein lautes „Zutritt verboten!" entgegen.
„Na gut", dachte er, „dann versuch ich es eben bei Wübke." Leise klopfte er an die verschlossene Tür des Zimmers der drei Nichten. Gerade wollte er die Klinke herunterdrücken, da zischte Wübke: „Spione raus!"
„Hm", überlegte Wiegand, „bleibt mir wohl nichts anderes übrig, als mein Glück bei Siefke zu versuchen."
Siefke hatte sich im Strandgutlager einquartiert. Doch auch diesmal hatte Wiegand Pech. Er brauchte nicht einmal zu klopfen, denn an der verschlossenen Tür prangte ein Schild mit der Aufschrift „Betreten strengstens verboten!" Wiegand zuckte mit den Achseln und kroch zurück ins Wohnzimmer.
„Ein bisschen Zeit haben wir ja noch", brummte er und setzte sich in seinen Hörnstuhl, den seine Nichten ihm aus Strandgut gezimmert hatten. Ab und zu warf er einen Blick auf die Sanduhr. Sandkorn für Sandkorn rieselte durch das Glas. Wiegand begann gerade unruhig zu werden, da wurde die Tür des Wohnzimmers aufgerissen. Fast wäre er von seinem Hörnstuhl gerutscht.
„Hier ist die einzig wahre Ansichtskarte für Tante Regina!", tönte Lieske und hielt stolz eine Karte in die Höhe.
„Von wegen", rief Wübke, die nun ebenfalls in das Wohnzimmer geglitscht kam, „denn ich habe die weltbeste Ansichtskarte!"
„Weit gefehlt", entgegnete Siefke, die als Letzte in der Tür erschien, „denn wenn ihr meine Ansichtskarte seht, bleibt euch die Spucke weg!"
„Ach, du grüner Wattbutt!", stöhnte Wiegand. „Das kann ja heiter werden. Na, dann zeigt eure Meisterwerke einmal her."
Stolz hielten die drei Nichten ihm ihre Ansichtskarten entgegen, die sie gemalt und gezeichnet hatten.
„Und welche ist die beste?", fragten Lieske, Siefke und Wübke im Chor.
„Alle!", begann Wiegand laut zu lachen.
„Wieso alle?"
„Na, dann seht sie euch doch an!", lachte er noch immer.
Da fingen auch die drei kleinen Wattwürmer an zu lachen, denn ihre Ansichtskarten sahen sich zum Verwechseln ähnlich. Alle zeigten sie im Hintergrund die Insel Töwerland. Doch im Vordergrund sah man vier stolze Wattwürmer, nämlich Wiegand, Lieske, Wübke und Siefke.
„Das war's, was noch gefehlt hat", nickte Wiegand, „nämlich wir! Jetzt bekommt Regina Regenwurm gleich drei Ansichtskarten zum Geburtstag. Und eine ist schöner als die andere. Also los, schnell noch ein paar Sätze, dann unterschreiben alle, und ab in die Flasche!"

Peter Pabst

Peter Pabst

So ein Käse!

„So ein Käse!", brummte Wiegand Wattwurm und kroch in seiner Wohnhöhle missmutig auf und ab. „So ein Käse!"
„Welcher Sandfloh ist dir denn über die Leber gelaufen?", fragte Wübke, die zufällig an der Tür vorüberglitschte und ihren Onkel sah.
„Kein Sandfloh, sondern ein Käse", grollte Wiegand.
„Dann handelt es sich bestimmt um einen Camembert", vermutete Wübke.
„Nein, um einen Emmentaler. Einen echten original Schweizer Emmentaler aus dem Emmental in der Schweiz!", maulte Wiegand zurück.
„Der kann aber nicht laufen", bemerkte Wübke, „höchstens rollen."
„Das weiß ich auch", entgegnete Wiegand.
„Dann ist er dir also über die Leber gerollt?"
„So ungefähr. Jedenfalls liegt er mir im Magen."
„Hast du etwa zu viel davon gegessen?", fragte Wübke.
„Zu viel? Nicht ein Loch!", murrte Wiegand.
„Wie kann er dir dann im Magen liegen?"
„Weil Wilke heute Nachmittag zu Besuch kommt und wir keinen Emmentaler im Hause haben", seufzte Wiegand.
„Seit wann brauchen wir Emmentaler, wenn Wilke zu Besuch kommt?", wollte Wübke wissen.
„Seit seinem letzten Besuch vor sechs Wochen. Da habe ich ihm jedenfalls versprochen, dass er beim nächsten Besuch echten original Schweizer Emmentaler bekommt. Diese Sorte ist nämlich sein Lieblingskäse."
„Aber wir hätten doch welchen kaufen können. Gestern oder vorgestern", meinte Wübke.
„Ich hab's vergessen!", gestand Wiegand ein. „Ich hab's einfach vergessen!"
„So ein Käse!", bestätigte Wübke.
„Das sage ich ja die ganze Zeit", brummte Wiegand.
„Und wenn wir noch schnell nach Töwerland glitschen?", schlug Wübke vor.
„Zu spät. Bis wir wieder zurück sind, ist Wilke längst da und wartet auf seinen Käse."
„So ein Käse!", sagten Lieske und Siefke im Chor, die sich in der Tür eingefunden und das Gespräch belauscht hatten.
„Aber vielleicht ist genau das die Lösung", meinte Lieske.
„Käse? Aber wir haben doch keinen!", jammerte Wiegand.
„Das ist nicht ganz richtig", entgegnete Lieske.
„Wir haben nämlich ein großes Stück Pilsumer Landkäse in der Vorratshöhle", versicherte Siefke.
„Das stimmt sogar", nickte Wiegand, „aber das ist noch lange kein echt original Schweizer Emmentaler. Der hat nämlich jede Menge Löcher. Der ostfriesische Käse aus Pilsum hat nicht einmal ein halbes Loch. Da müsste man schon zaubern können."
„Wenn's weiter nichts ist", lachte Lieske. „Wozu ist denn Töwerland unsere Heimat. Wir werden doch noch einen echten ostfriesischen in einen echten Schweizer Käse verwandeln können."
Plötzlich war ein kräftiges Matschen und Glitschen an der Eingangstür zur Höhle zu hören.

„Das ist bestimmt Wilke!", erschrak Wiegand. „Kümmere dich um ihn und halte ihn etwas hin, wir werden inzwischen ein wenig zaubern und Wilke den versprochenen Emmentaler servieren", versicherte Lieske.
„Ja, aber…?", stammelte Wiegand.
„Du kannst dich auf uns verlassen!", riefen seine drei Nichten im Chor.
Also machte er sich auf den Weg, um seinen Vetter Wilke zu begrüßen. Zwar hatte er nicht die geringste Ahnung, wie Lieske, Siefke und Wübke einen Emmentaler herzaubern wollten, aber er hatte keine andere Wahl. Während er mit einem mulmigen Gefühl im Bauch zur Eingangstür kroch, verschwanden seine drei Nichten in der Vorratshöhle.
„Moin, Wiegand!", hallte schon Wilkes Begrüßung durch die feuchte Höhle im Watt.
„Moin, Wilke!", antwortete Wiegand und nahm seinen Vetter in den Arm. Das mulmige Gefühl in seinem Bauch hatte nicht nachgelassen.
„Toll, dass du mich wieder einmal eingeladen hast", bedankte sich Wilke, „und noch dazu zum Essen. Vor allem freue ich mich natürlich auf den echten original Schweizer Emmentaler, den du mir versprochen hast. Bestimmt hast du den Tisch schon gedeckt. Mann, habe ich einen Kohldampf!"
„Und ob ich schon gedeckt habe", log Wiegand Wattwurm, nicht ohne rot zu werden. Doch das war in seiner Höhle unter dem Watt nicht zu sehen. „Aber einen kleinen Moment müssen wir uns noch gedulden, denn der Emmentaler hat noch nicht die richtige Reife."
„Alle Achtung, du kennst dich aber mit Käse aus!", staunte Wilke und folgte Wiegand mit großen Augen in das Wohnzimmer. „Was machen eigentlich Siefke, Lieske und Wübke?"
„Zaubern … äh … ich meine säubern. Sie säubern gerade die Vorratshöhle."
„Sie essen doch mit uns, oder?"
„Aber natürlich", lächelte Wiegand verlegen, „sobald der Käse die richtige Reife hat."
„Das wird hoffentlich nicht mehr allzu lange dauern", bemerkte Wilke, „mir hängt nämlich schon der Magen in der Schwanzspitze."
„Ich werde gleich einmal nachsehen", sagte Wiegand und glitschte zur Vorratshöhle. Vorsichtig klopfte er an die verschlossene Tür und flüsterte: „Seid ihr fertig?"
„Nein", war die ebenfalls geflüsterte Antwort. „Einen kleinen Moment noch."
Schnell kroch Wiegand zurück ins Wohnzimmer, wo sein Vetter ungeduldig wartete.
„Na? Hat der Käse jetzt die richtige Reife?", fragte Wilke.
„Ja", antwortete Wiegand mit gespielt zufriedener Miene.

Peter Pabst

Peter Pobst

„Wunderbar, dann können wir ja essen!"
„Leider noch nicht", hielt ihn Wiegand zurück. „er hat jetzt zwar die richtige Reife, nicht aber die richtige Temperatur. Und du weißt ja, wie wichtig die für den Geschmack ist."
„Natürlich", nickte Wilke und setzte sich wieder auf das feuchte Sofa. „Wird das lange dauern, bis die richtige Temperatur erreicht ist?"
„Nein!", riefen Siefke, Lieske und Wübke im Chor. „Der echte original Schweizer Emmentaler ist serviert! Er steht in der Küche auf dem Tisch und wartet nur auf euch!"
Kaum hatten die drei kleinen Wattwürmer den Satz beendet, da flitzte Wilke auch schon an ihnen vorbei durch die Tür. Als sie mit Wiegand in die Küche kamen, saß er bereits mit strahlendem Gesicht am Küchentisch, auf dem ein riesiger Emmentaler Käse mit den schönsten Löchern aller Käsezeiten stand.
„Wie habt ihr das gemacht?", fragte Wiegand ebenso leise wie erstaunt.
„Mit dem Mund", tuschelte Siefke. „Denn wer Gänge durch das Watt graben kann, kann sich auch durch einen Käse futtern."
Erleichtert nahm nun auch Wiegand Platz und wünschte seinem Vetter einen guten Appetit.
„Esst ihr etwa nicht mit uns?", fragte Wilke die drei kleinen Wattwürmer.
„Nein danke, wir stehen nicht so auf Käse."
„Na, ihr wisst nicht, was ihr da verpasst", schmatzte Wilke, „denn dies ist der beste echte original Schweizer Emmentaler, den ich jemals gegessen habe. Was für ein Käse!"
„Ja, was für ein Käse", schmunzelten Siefke, Lieske und Wübke.

Peter Pabst

Das Seeungeheuer

Wieder einmal saß Wiegand Wattwurm in seiner Lieblingseisdiele und schleckte gemütlich ein Sanddorneis. Es war ein herrlicher Sommertag, der Juist mit einem blauen Himmel und einem warmen Wind aus Südwest verwöhnte.
„So könnte es in den nächsten Wochen weitergehen", dachte Wiegand, bestellte sich ein zweites Sanddorneis und kroch in Richtung Strand. Ein kleiner Bummel durch die Dünen war jetzt genau das Richtige. Kaum hatte er das erste Dünental durchquert und bog in das nächste ein, da tauchte es vor ihm auf. Das größte und grässlichste Seeungeheuer, das er jemals gesehen hatte. Allerdings war es auch das erste, das er zu Gesicht bekam. Aber er hatte keinen Zweifel, dass das riesige Tier, das sich vor ihm zwischen den Dünen räkelte, ein Seeungeheuer war. Sein großes Maul voll mit blitzenden Säbelzähnen, seine bösartig funkelnden Glubschaugen, seine spitzen Fledermausohren, sein langer Seeschlangenhals ließen keinen anderen Schluss zu.
Wiegand ließ vor Schreck sogar sein Sanddorneis in den Sand fallen. Mit allem hatte er hier gerechnet, mit Kindern, die sich verirrt hatten, mit Touristen, die nach einer Oase und Palmen suchten oder mit Biologen, die auf dem Bauch kriechend Jagd auf kleine Krabben machten. Aber nicht mit Seeungeheuern.
So blieb ihm der Schrei im Halse stecken, während das Ungeheuer ihn mit seinen funkelnden Glubschaugen unentwegt anstarrte. Auch beim zweiten Versuch brachte Wiegand keinen Ton heraus.
Immerhin gelang es ihm, Luft zu holen. So gestärkt, machte er auf der Stelle kehrt und flitzte davon, dass der Sand nur so spritzte.
Wenige Augenblicke später, sechs oder sieben mochten es gewesen sein, erreichte er seine Wohnhöhle. Er verschnaufte kurz und testete seine Stimme, die ihm nun wieder gehorchte. Er platzte durch die Tür und schrie los: „Alarm! Entert die Dünen! Ladet die Sandgeschütze! Bewacht die Sandburgen! Seeungeheuer im Anmarsch!"
Im Nu öffneten sich verschiedene Türen, und seine drei kleinen Nichten standen vor ihm und sahen ihn mit großen Augen an.
„Was ist denn jetzt schon wieder los?", fragte Siefke.
„Ist Tante Regina wieder einmal im Anglitschen?", vermutete Wübke.
„Viel schlimmer!", entgegnete Wiegand keuchend.
„Sie hat Tante Auguste mitgebracht!", meinte Lieske.
„Noch viel schlimmer!", schnaufte Wiegand.
„Tante Bertha ist auch dabei!", riet Siefke.
„Noch viel schlimmer!", pustete Wiegand.
„Das gibt's nicht!", schüttelte Wübke den Kopf.
„Oh, doch!", widersprach Wiegand. „Ein Seeungeheuer hat Töwerland überfallen. Ich habe es mit eigenen Augen gesehen. Es ist gigantisch, mit glühenden Augen und blitzenden Zähnen!"
„Das muss ich sehen!", rief Siefke.
„Ich auch!", stimmten ihr Wübke und Lieske im Chor zu.
„Das ist viel zu gefährlich", entgegnete Wiegand. „Es wird uns alle fressen."

„Wohl kaum", meinte Lieske, „oder hast du schon einmal von einem Seeungeheuer gehört, das Wattwürmer frisst?"
„Eigentlich nicht", gestand Wiegand. „Ehrlich gesagt, weiß ich gar nicht, was Seeungeheuer so alles fressen."
„Und ich wusste gar nicht, dass es überhaupt Seeungeheuer gibt", grübelte Wübke.
„Genau. Darum müssen wir auf die Insel und nachschauen", schlug Lieske vor. „Dann sehen wir weiter. Notfalls können wir ja Lükko Leuchtturm und seine Freunde zu Hilfe holen."
„Ja, aber …?!", stotterte Wiegand, doch seine drei Nichten waren fest entschlossen.
„Kommst du mit?", fragte Lieske.
„Also gut", gab Wiegand nach, der schließlich nicht als Angstwurm gelten wollte. „Aber wir sollten sehr vorsichtig sein."
„Keine Panik", beruhigte ihn Lieske, „immerhin kennen wir uns mit Ungeheuern aus, denk nur mal an unsere Tanten."
Und so krochen Wiegand, Lieske, Siefke und Wübke nach Töwerland. Vorsichtig und sich nach allen Seiten umschauend pirschten sie sich durch die Dünen.
Wiegand hatte ihnen nochmals den grässlichen Anblick des Seeungeheuers geschildert, so dass sie auf das Schlimmste vorbereitet waren.
„Schlimmer als Tante Bertha kann es gar nicht aussehen", tuschelte Wübke, „und die haben wir doch ganz gut verkraftet."
„Hier muss es sein", flüsterte Wiegand plötzlich. „Im nächsten Dünental lauert es."
„Lasst mich vor", sagte Lieske, drängelte sich an den anderen vorbei und linste vorsichtig in das Dünental. Tatsächlich, dort lag ein Seeungeheuer auf der Lauer.
Es sah genauso aus, wie Wiegand es beschrieben hatte: Ein großes Maul voll mit blitzenden Säbelzähnen, bösartig funkelnde Glubschaugen, spitze Fledermausohren, langer Seeschlangenhals.
Das war ein Seeungeheuer, gar keine Frage. Lieske wurde weiß im Gesicht und zog sich leise wieder zurück.
„Es ist wahr", raunte sie nur.
„Lasst mich mal", drängte sich nun Siefke vor und reckte ihren Hals. Auch sie kehrte mit weißem Gesicht zu den anderen zurück.
„Ich hätte es nicht für möglich gehalten, aber das ist tatsächlich ein echtes Seeungeheuer!"
„Jetzt bin ich dran", sagte Wübke und schob sich an den anderen vorbei. Auch sie erblickte ein großes Maul voll mit blitzenden Säbelzähnen, bösartig funkelnde Glubschaugen, spitze Fledermausohren und einen langen Seeschlangenhals. Aber sie sah auch noch etwas anderes. Auf dem Rücken des Seeungeheuers, der mit grünen Drachenschuppen übersät war, entdeckte sie einen merkwürdigen Knubbel. Als sie erkannte, was es war, sagte sie „Aha!", schmunzelte und kroch furchtlos auf das Ungeheuer los.
„Bist du vom Klabautermann besessen?!", schrie Wiegand ihr hinterher. „Bleib hier, sonst bist du verloren!"
Doch Wübke ließ sich nicht zurückhalten. Mutig näherte sie sich dem riesigen Seeungeheuer, das sich nicht für den kleinen Wattwurm zu interessieren schien.
„Halt! Komm sofort zurück!", rief Lieske ihr nach.
„Es wird dich fressen!", kreischte Siefke.
Aber Wübke setzte ihren Weg fort. Vor den Augen der anderen erreichte sie den Bauch des Ungeheuers und kroch ihm auf den Rücken. Wiegand, Lieske und

Peter Pabst

Siefke schlossen ihre Augen. Sie wollten nicht mit ansehen, was nun geschah.
Da fing das Ungeheuer auch schon an, wütend zu zischen. Erst laut und dann immer leiser. Als nichts mehr zu hören war, öffneten sie vorsichtig ihre Augen. Kaum konnten sie glauben, was sie da sahen. Statt des Seeungeheuers lag eine schlaffe Haut im Dünental. Das grässliche Tier war platt wie eine Scholle.
Auf dem Rücken stand lachend Wübke und hielt einen Stöpsel aus Kunststoff in ihren Händen.
„Ich habe dem Ungeheuer die Luft rausgelassen", rief sie triumphierend.
„Ein aufblasbares Gummitier!", entfuhr es Wiegand.
„Das hat bestimmt ein Kind hier vergessen", vermutete Siefke.
„Und wir haben gedacht, es sei ein Seeungeheuer", sagte Lieske erleichtert.
„Auf den Schreck brauche ich ein Sanddorneis", schnaufte Wiegand.
„Wir auch", stimmten Lieske und Siefke zu, die Wübke in ihre Arme nahmen. Noch immer trug sie grinsend den Stöpsel in ihren Händen.
„Ich wusste doch, dass es keine Seeungeheuer gibt", sagte sie. „Nur schade, dass unsere Tanten keine Stöpsel haben, wo man ab und zu die Luft rauslassen kann."
„Ja", nickte Wiegand, „das ist wirklich schade."

Die Jagd nach dem Kurschatten

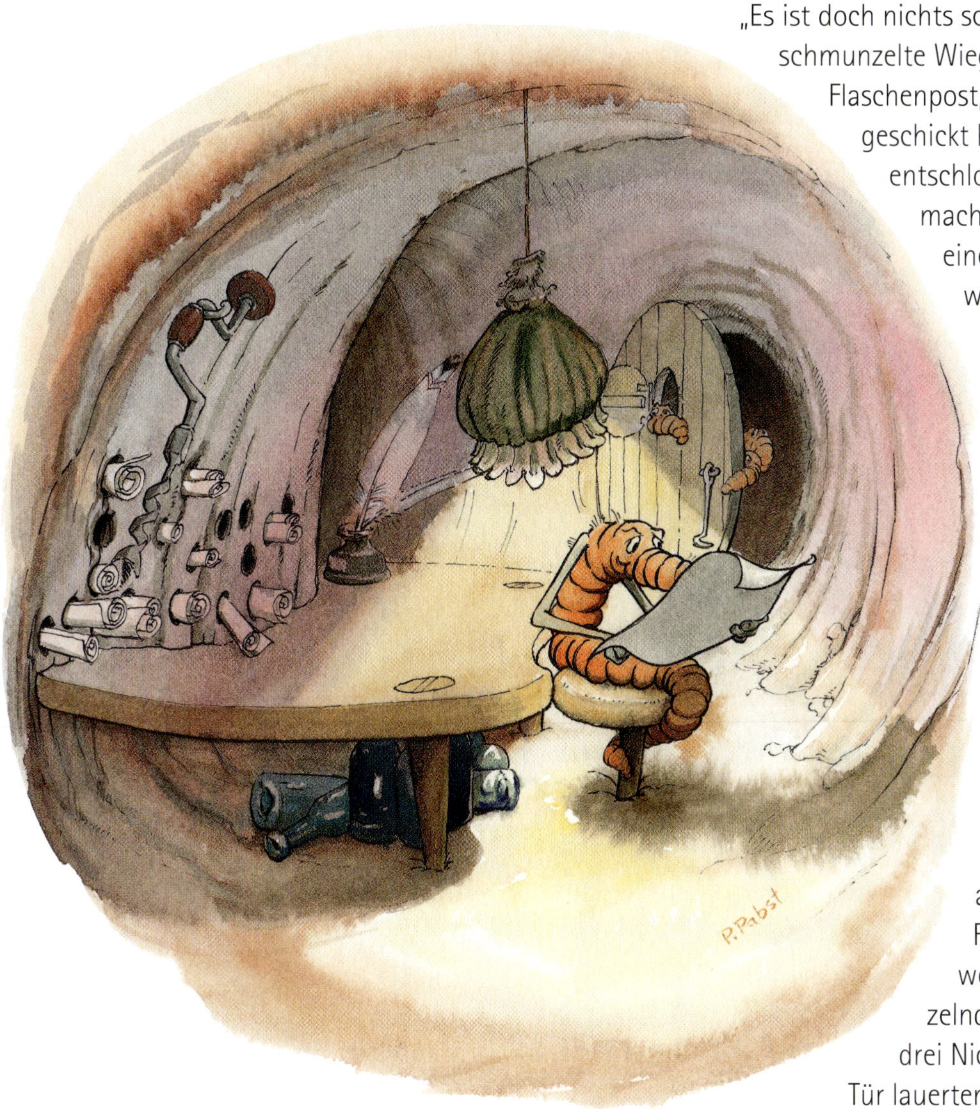

„Es ist doch nichts schöner als ein Kurschatten“, schmunzelte Wiegand Wattwurm beim Lesen der Flaschenpost, die ihm Regina Regenwurm geschickt hatte. „Wie gut, dass sie sich entschlossen hat, einmal eine Kur zu machen. Und jetzt hat sie auch noch einen Kurschatten. Na, vielleicht wird's ja etwas Festes. Schließlich ist sie seit Jahren allein.“

Sorgsam rollte Wiegand die Flaschenpost wieder zusammen und steckte sie zu den anderen über seinem Schreibtisch. Flaschenpost wird ja bekanntlich in besonderen Flaschenpostrohren aufbewahrt, die aussehen wie ein zu klein geratenes Weinregal. Die Flasche stellte er zu den anderen Flaschenpostflaschen. Denn im Gegensatz zu gewöhnlichen Briefumschlägen aus Papier sind die gläsernen Flaschenumschläge wiederverwendbar. Noch immer schmunzelnd kroch Wiegand davon. Seine drei Nichten, die hinter der geöffneten Tür lauerten, bemerkte er nicht.

R.Pobst

„Ein Kurschatten muss ja was ganz Tolles sein!", raunte Siefke.
„Etwas Phantastisches!", nickte Lieske.
„Bestimmt", grübelte Wübke, „aber was ist eigentlich ein Kurschatten?"
„Ein ganz besonderer Schatten eben", meinte Siefke.
„Genau, ein ganz besonders schöner und gesunder Schatten", sagte Lieske.
„Wieso gesund?"
„Na, weil eine Kur doch so eine Art gesunder Urlaub ist", erklärte Lieske. „Also wird ein Kurschatten ein besonders gesunder und angenehmer Schatten sein."
„Da ist was dran."
„Wo macht Tante Regina eigentlich ihre Kur?", fragte Lieske.
„Keine Ahnung", antwortete Wübke, „wo man eben so Kuren macht. In den Bergen oder an der See."
„Genau, an der See!", strahlte plötzlich Lieske. „Also hier bei uns. Das bedeutet, dass es auch hier auf Töwerland einen Kurschatten geben muss!"
„Aber wo? Wir kennen doch die ganze Insel", meinte Siefke.
„Das stimmt", bemerkte Wübke, „aber haben wir wirklich auf jeden Schatten geachtet?"
„Nö, haben wir sicher nicht", stellte Lieske fest. „Wer achtet schon auf jeden Schatten!"
„Aber Tante Regina hat darauf geachtet, und sie hat einen Kurschatten gefunden", sagte Siefke.
„Was Tante Regina kann, können wir schon lange", prahlte Wübke.
„Genau! Und wenn es auf Töwerland einen Kurschatten gibt, werden wir ihn auch finden!", versprach Lieske.
Gesagt, getan. Und so zogen die drei kleinen Wattwürmer los, um nach einem Kurschatten zu suchen. Doch das war gar nicht so einfach. Denn keiner von ihnen wusste, wie so ein Kurschatten eigentlich aussieht. Fest stand für sie nur, dass er etwas ganz Besonderes sein musste. Also sahen sie sich erst einmal die ganz gewöhnlichen Schatten an.
„Was wirft denn einen gewöhnlichen Schatten?", fragte Lieske.
„Die Häuser in der Wilhelmstraße", schlug Wübke vor.
„Tatsächlich, ganz gewöhnliche Schatten", meinte Siefke, als sie in der Wilhelmstraße eintrafen.
„Ja, absolut alltägliche Hausschatten, wie sie Häuser auf der ganzen Insel werfen", nickte Lieske.
„Hm", brummte Wübke, „Hausschatten scheiden also aus. Die sind ja sowieso viel zu groß und zu auffällig. Einen Kurschatten gibt's bestimmt nicht an jeder Ecke."
„Wir könnten am Hafen suchen", überlegte Lieske.
Doch auch der kleine Leuchtturm, die Poller, die wartende Fähre und die Masten einiger Segelboote warfen nur ganz gewöhnliche Schatten.
„Diese Schatten sehen genauso aus wie die Hausschatten", stellte Siefke nach eingehender Prüfung fest, „nur dass sie eben etwas kleiner sind."
„Und vielleicht ein bisschen blasser", bemerkte Wübke. „Nicht so kräftig wie die Hausschatten in der Wilhelmstraße."
„Das mag sein", nickte Lieske, „aber Kurschatten sind dies ganz bestimmt nicht. Oder findet ihr, dass die Schatten der Masten besonders gesund aussehen?"
Siefke und Wübke schüttelten ihre Köpfe.
„Vielleicht sollten wir in den Dünen suchen", schlug Lieske nach kurzem Grübeln vor. „Dort gibt's jede Menge Schatten."
„Eine gute Idee. Also los."
In den Dünen gab es wirklich unzählbar viele Schatten. Jeder Sanddornbusch und jeder Strandhaferhalm warf nämlich einen eigenen, weit

P. Pabst

verzweigten Schatten, so dass auf dem Sand ein verwirrendes Muster aus Schatten zu sehen war.
„Beim Klabautermann und seiner bärtigen Großmutter!", entfuhr es Siefke. „Das kann ja Jahre dauern. Bis wir all diese Schatten inspiziert haben, sind wir längst alt und grau!"
„So lange brauchen wir gar nicht zu suchen", sagte Wübke, die einige der halmdünnen Schatten genau betrachtete. „Denn auch diese Schatten sehen äußerst gewöhnlich aus. Sie sind zwar noch schlanker als die der Masten im Hafen, aber trotzdem ganz normal. Ich kann jedenfalls nichts Außergewöhnliches feststellen."
„Außerdem sind hier weder Menschen noch Wattwürmer zu sehen", gab Lieske zu bedenken, „denn wenn es hier den begehrten Kurschatten gäbe, wären bestimmt einige Schattensucher hier."
„Das ist die Idee!", platzte es da aus Siefke heraus. „Die Schattensucher!"
„Natürlich!", fuhr Lieske fort. „Wir müssen nur dort hinkriechen, wo die Schatten gesucht werden, wo die Schatten für gewöhnlich gar nicht vorhanden sind, sondern extra hergestellt werden!"
„Dass wir darauf nicht viel eher gekommen sind!", ärgerte sich Wübke. „Wir brauchen nur zum Strand zu glitschen, und schon werden wir jede Menge Kurschatten finden. Die Sonnenschirme und Strandkörbe werden doch extra aufgestellt, um ganz besondere Schatten zu erzeugen, die sonst gar nicht da wären. Die Schatten der Häuser, Schiffe und Sträucher sind ja immer da."
Als wenig später Wiegand Wattwurm den Strand entlangkroch, um in aller Ruhe sein geliebtes Sanddorneis zu essen, machte er plötzlich große Augen. Unter einem Sonnenschirm räkelten sich vergnügt seine drei Nichten. Und nicht nur das.
Sie streichelten regelrecht den Sand, der im Schatten des Schirms lag und beschrieben mit lobenden Worten die abgetönten Farben.
„Was ist mit euch denn los?", fragte er. „Habt ihr etwa einen Sonnenstich?"
„Nein", entgegnete Lieske, „wir haben nun auch einen eigenen Kurschatten. Er ist viel schattiger und gesünder als ein gewöhnlicher Schatten. Wenn du Lust hast, kannst du ihn gerne einmal ausprobieren."
„Na, da staunst du", sagte Wübke zu dem sprachlosen Wiegand, „aber was Tante Regina kann, können wir schon lange. Einen Kurschatten zu finden, ist für uns eine Kleinigkeit."

Kein Sanddorn ohne Dornen

„Is Teetied!", rief Wiegand Wattwurm durch seine Wohnhöhle und musste nicht lange auf die Antwort warten. Schon sprang die Tür auf, und Siefke, Lieske und Wübke kamen in die Küche geglitscht.
„Für mich zwei Kluntjes!", sagte Siefke.
„Für mich zweimal Rahm!", rief Lieske.
„Für mich zwei Kluntjes und zweimal Rahm!", forderte Wübke.
„Aber das habe ich doch längst für euch gemacht", entgegnete Wiegand. „Ich kenne doch eure Vorlieben. Setzt euch einfach auf eure Plätze."
Das ließen sich Wiegands drei Nichten nicht zweimal sagen, die seinen Tee über alles liebten.
„Wollten Lükko und seine Freunde nicht auch mal wieder zum Tee kommen?", fragte Lieske nach der zweiten Tasse.
„Wollten sie", antwortete Wiegand, „und zwar in dieser Woche. Aber bis jetzt hat sich Lükko noch nicht gerührt. Meistens schickt er ja Meta, um seinen Besuch anzukündigen."
„Und was ist mit Wilke? Wollte der nicht auch in dieser Woche zu Besuch kommen?", fragte Wübke.
„Stimmt", nickte Wiegand, „den hätte ich jetzt fast vergessen. Ich glaube, der wollte sogar heute kommen." Der Wattwurm drehte seinen Kopf nach hinten, wie es nur Würmer können, und warf einen Blick auf seinen Kalender. „Tatsächlich, hier steht es ja: Wilke, 15 Uhr. Komisch, wenn es Tee gibt, ist er doch sonst immer pünktlich wie die Flut."
„Die scheint heute aber besonders pünktlich zu sein", stellte Lieske fest und spitzte ihre Ohren, was bei einem Wattwurm natürlich nicht zu sehen ist.
Auch die anderen nahmen jetzt das sonderbar schlürfende Geräusch wahr.
„Das ist doch nicht die Flut", brummte Wiegand, „die kommt erst in gut zwei Stunden."
„Aber es hört sich fast genauso an", bemerkte Siefke.
„Vielleicht hat der Mond nicht aufgepasst", meinte Lieske.
„Der Mond hat sich seit 4,5 Milliarden Jahren nicht geirrt", entgegnete Wiegand, „jedenfalls nicht, was Ebbe und Flut betrifft."
„Aber woher kommt dann dieses schlürfende Geräusch?", fragte Wübke.
„Das werden wir gleich wissen", sagte Wiegand und sprang von seinem Stuhl auf. „Folgt mir!" Und schon glitschten die Wattwürmer durch die feuchte Wohnhöhle im ostfriesischen Wattenmeer vor Töwerland. Als sie ihre vier Köpfe aus dem Eingang schoben, war kein Tropfen Flut in Sicht. Die Nordsee war da, wo sie zu dieser Zeit hingehörte, nämlich in der Nordsee, also weit draußen hinter den Inseln. Dafür entdeckten sie etwas Langes und Wattwurmfarbenes in nordöstlicher Richtung.
„Was kann das sein?", fragte Lieske.
„Das könnte ein Wattwurm sein", antwortete Wiegand und kniff seine Augen zusammen.
„Für einen Wattwurm macht das Ding aber sehr ungewöhnliche Geräusche", bemerkte Siefke.
„Weil er krank oder verletzt ist!", entfuhr es Wiegand. „Wir müssen ihm sofort helfen!"
Schnell flutschten die Wattwürmer über den Schlick.

P. Pabst

Und Wiegand hatte recht gehabt. Das lange, wattwurmfarbene Ding war tatsächlich ein Wattwurm.
„Das ist ja Wilke!", rief Lieske, als der Wattwurm seinen Kopf hob.
„Helft mir", röchelte Wiegands Vetter.
„Was ist denn passiert?"
„Ich hatte mich verspätet und wollte doch pünktlich zum Tee bei euch sein", erzählte Wilke, „und da habe ich eine Abkürzung durch die Dünen genommen. Doch leider wachsen dort viele Sanddornbüsche. Ich hatte es fast geschafft, da hat mich doch noch ein Dorn erwischt."
„Sanddorn wächst auf Sand und hat Dornen", nickte Wiegand. „Was glaubst du denn, woher dieser Busch seinen Namen hat? Na, dann zeig mal her!"
Wilke drehte sich um. In seinem Hinterteil steckte ein mächtiger Dorn, unerreichbar für seine dünnen Ärmchen.
„Oh, das tut bestimmt mächtig weh", vermutete Wübke.
„Allerdings", jammerte Wilke, „außerdem kann ich nur mit Mühe kriechen."
„Kein Problem", sagte Wiegand, „das haben wir gleich." Er fasste den Dorn mit beiden Händen

und versuchte ihn mit einem kräftigen Ruck aus Wilkes Hinterteil zu ziehen. Doch der Dorn blieb, wo er war.
„Ooooouuuuuhhhh!", heulte Wilke auf.
„Den habe ich unterschätzt", gestand Wiegand ein. „Der sitzt tiefer, als ich dachte. Da müssen wir zu härteren Methoden greifen. Hat jemand einen Vorschlag?"
„Wie wär's mit einem Korkenzieher?", schlug Lieske vor.
„Oder mit einer Kneifzange?", meinte Siefke.
„Noch besser wäre ein Flaschenzug!", riet Wübke.
„Man könnte auch den großen Kran der Nordsee-Werft anfordern, der kann über 100 Tonnen ..."
„Wenn ihr noch länger Vorschläge austauscht, liege ich morgen noch hier", nölte Wilke.
„Allerdings", nickte Wiegand, „und daher werden wir alle verfügbaren Mittel gleichzeitig einsetzen. So ein Sanddorndorn hat's in sich."
„Nee, Wilke hat ihn in sich", flüsterte Wübke, ohne dass jemand es hörte.
Wenige Minuten später konnte die Operation beginnen. Wiegand hatte seinen alten Flaschenzug an einer Pricke befestigt, Lieske hatte den Korkenzieher in den Dorn gebohrt und Siefke die Kneifzange angesetzt.
„Bei drei geht's los!", verkündete Wiegand und packte zusammen mit Wübke das Seil des Flaschenzugs fest an. Wilke umklammerte mit beiden Armen eine weitere Pricke und schloss die Augen.
„Eins, zwei, drei!"
Wiegand, Wübke, Lieske und Siefke zogen, wie sie noch nie zuvor gezogen hatten. Für einen winzigen Moment leistete der Dorn noch Widerstand, dann gab er auf. Mit einem ploppenden Geräusch flog er regelrecht aus Wilkes Hinterteil und landete im Watt.

„Puhhh!", schnaufte Wilke erleichtert und richtete sich auf. „Das war ja ein Ding!"
„Allerdings", schmunzelte Wiegand und drückte seinem Vetter als Andenken den Dorn in die Hände. „Jetzt werden wir noch deinen Wattwurmhintern verbinden, und dann bist du wieder fast wie neu."
„Und dann gibt es noch mal Tee", schlug Lieske vor.
„Und dann gibt es noch mal Tee!", wiederholte Wiegand.
„Au ja!", rief Wilke, dem es von Minute zu Minute besser ging und der sich geschworen hatte, nie wieder eine Abkürzung durch die Sanddornbüsche zu nehmen.

Das Glück der Erde liegt auf dem Rücken der Pferde

„Wo ein Wille ist, ist auch ein Weg!"
„Da ist was dran", nickte Wübke, „das Sprichwort stimmt wirklich."
„Gut gekaut ist halb verdaut!"
„Stimmt auch", sagte Lieske.
„Ohne Fleiß kein Preis!"
„Genauso ist es", bestätigte Wübke.
„Probieren geht über Studieren!"
„Das weiß keiner besser als wir", lachte Lieske.
„Das Glück der Erde liegt auf dem Rücken der Pferde!"
Wübke, Lieske und Siefke sahen sich fragend an.
„Wiederhole bitte noch einmal", sagte Wübke.
„Das Glück der Erde liegt auf dem Rücken der Pferde!"
„Die anderen Sprichwörter, die du vorgelesen hast, haben alle einen Sinn, aber mit diesem kann ich nichts anfangen", sagte Wübke.
„Ich auch nicht", stimmte ihr Lieske zu. „Hast du wirklich genau gelesen?"
„Worauf ihr euch verlassen könnt", entgegnete Siefke. „Hier steht es, Wort für Wort, in Friedrich Schmölders Handbuch der Zitate, Unkenrufe und Sprichwörter auf Seite 501."
„Ich glaube, dieser Herr Schmölder hat einen dicken Fehler gemacht. Er hätte alle seine gesammelten Sprichwörter höchstpersönlich und eigenhändig überprüfen sollen."
„So wie wir es gerade tun", betonte Lieske. „Dann hätte er gemerkt, dass dieses Pferdesprichwort blanker Unsinn ist."
„Aber woher willst du das so genau wissen?", fragte Wübke. „Da alle anderen Sprichwörter zu stimmen scheinen, kann es doch sein, dass auch dieses Sprichwort richtig ist."
„Da ist was dran", gab Siefke ihr recht. „Ich war nämlich noch nie auf einem Pferderücken. Ob sich dort das Glück befindet, kann ich also gar nicht sagen. Ist denn von euch schon einmal jemand im Sattel gesessen?"
„Nein", mussten Wübke und Lieske zugeben.
„Dann können wir uns also gar kein Urteil erlauben", stellte Siefke nüchtern fest.
„Noch nicht", sagte Wübke, „aber bald, denn wir werden noch heute auf einem Pferd reiten und wissen, ob das Sprichwort zutrifft oder nicht."
Waaaas?", entfuhr es Lieske. „Wie willst du das denn hinkriegen?"
„Ganz einfach", erklärte Wübke. „Am Hafen steht doch immer irgendein Pferdewagen, vor allem, wenn ein Schiff mit frischen, blassen Urlaubern eintrifft. Wir müssen nur einen Weg finden, auf den Rücken des Pferdes zu gelangen."
„Keine schlechte Idee", nickte Siefke. „Und wir haben noch zwei Stunden Zeit, denn dann läuft das nächste Schiff aus Norddeich ein. Also los!"

Als Lieske, Wübke und Siefke in der Nähe des Hafens aus dem Wasser krochen, steuerte das Schiff bereits auf den Anleger zu. An Bord konnten sie viele Menschen erkennen. Außerdem erspähten sie gleich mehrere Pferdewagen, die auf die neuen Urlauber und deren Gepäck warteten.
„Na, was habe ich euch gesagt", strahlte Wübke.
Wenig später näherten sich die drei kleinen Wattwürmer vorsichtig den Fuhrwerken und Gespannen. Aus der Ferne hatten sie noch ziemlich klein gewirkt, doch nun, als sie um die Räder und Hufe krochen, stellten sie sich als riesig heraus. Außerdem mussten Wübke, Lieske und Siefke ungeheuer aufpassen, um nicht von einem der Hufe erwischt zu werden.

„Und da oben auf dem Rücken dieses haarigen Monsters soll das Glück zu finden sein?", maulte Lieske. „Das kann ich mir beim besten Willen nicht vorstellen."
„Und um das festzustellen, müssen wir da irgendwie raufkommen", sagte Siefke. „Aber wie?"
„Mit dem Fahrstuhl natürlich", grinste Wübke. „Los, hockt euch auf die Tasche dort."
Kaum hatten sie das Gepäckstück bestiegen, eine kleine, knallrote Reisetasche mit einem großen Namensschild, da wurde sie auch schon von einem der kräftigen Männer gepackt, die die Wagen beluden. Wie von einer Rakete wurden die Wattwürmer nach oben gerissen und landeten nach kurzem Flug auf anderen Koffern und Gepäckstücken.
„Wahnsinn!", schnaufte Lieske. „Eine Fahrt in einem Fahrstuhl habe ich mir ganz anders vorgestellt."
„Dafür sind wir jetzt oben. Nun brauchen wir nur noch über diese Leinen dort zu kriechen, die vom Kutschbock zum Kopf des Pferdes führen. Los, die Gelegenheit ist günstig, der Kutscher unterhält sich noch mit einem seiner Kollegen!"

P.Pabst

Der Weg führte über verschiedene Ledersorten, Aufkleber, Anhänger, Regenschirme und Taschen hinauf bis zum Kutschbock.
Die Zügel waren um einen Haken geschlungen. Wie Seiltänzer balancierten Siefke, Lieske und Wübke nun über die schmalen Leinen.
„Vorsicht!", rief Lieske, als der Wind etwas auffrischte und die Zügel erfasste.
„Keine Panik", antwortete Wübke, „einen echten Wattwurm haut so leicht nichts um."
„Deckung!", schrie Siefke, als sich der Schweif des Pferdes daran machte, einige aufdringliche Fliegen zu verscheuchen. Um Pferdehaaresbreite wären auch sie erwischt worden und in die Tiefe gestürzt.
„Nicht nach unten sehen, nicht nach unten sehen!", ermahnte Wübke ihre Geschwister und hangelte sich die letzten Zentimeter vorwärts.
Endlich hatten sie es geschafft. Nach einem gefährlichen Balanceakt erreichten sie den Rücken des Pferdes.
„Puhhhh!", schnaufte Siefke und ließ sich auf das warme Fell fallen.
„Haben wir aber ein Glück gehabt!", sagte Lieske. „Das hätte nämlich auch schiefgehen können."
„Dann hat dieser Schmölder also doch recht!", bemerkte Wübke.
„Wieso?"
„Na, du hast doch gerade gesagt, dass wir Glück gehabt haben."
„Das stimmt", nickte Siefke. „Wir sind auf dem Rücken eines Pferdes und haben tatsächlich Glück gehabt. Uns ist nichts passiert, wir liegen schön warm und können in Ruhe die wundervolle Aussicht genießen."
In diesem Moment schwang sich der Kutscher auf den Bock, schnappte sich die Zügel und sagte: „Hü!"

Es gab einen kleinen Ruck, und der Pferderücken fing an, sich zu bewegen und schaukeln. Der Pferdewagen verließ den Hafen.
„He, das macht aber einen Riesenspaß!", lachte Siefke.
„Au ja", stimmte Lieske zu, „als würde man auf einem fliegenden Teppich durch das Dorf gleiten. Ich glaube, wir haben wirklich Glück, so eine tolle Fahrt erwischt zu haben."
„Na bitte, jetzt sagst du es ja auch: Das Glück der Erde liegt auf dem Rücken der Pferde!"
„Stimmt. Aber es könnte auch anders heißen. Und ich werde gleich morgen an diesen Schmölder eine Flaschenpost abschicken und ihm einen Vorschlag für ein neues Sprichwort machen", beschloss Wübke.
„Und wie soll das lauten?"
„Die Wattwürmer aus der Erde liegen auf dem Rücken des Pferdes!"
„Ja, das macht wirklich Sinn", nickte Lieske.

Die Jagd nach dem Kinderbus

„Was habt ihr denn vor?", fragte Wiegand Wattwurm seine drei Nichten Siefke, Lieske und Wübke, die vor dem Spiegel standen und sich herausputzten.
„Wir sind eingeladen worden, im Kindergarten etwas über das Leben im Watt zu erzählen", antwortete Siefke stolz.
„Na, da seid ihr ja genau die Richtigen", freute sich Wiegand. „Doch warum macht ihr euch jetzt schon so fein?"
„Wieso jetzt?", entgegnete Lieske.
„Weil ihr ja wohl kaum heute noch zum Kindergarten glitschen wollt", meinte Wiegand.
„Und ob wir das wollen!", sagte Wübke.
„Dann müsst ihr euch aber mächtig beeilen", brummte Wiegand.
„Müssen wir nicht. Schließlich sind es bis nach Töwerland nur eineinhalb Seemeilen", schüttelte Siefke ihren Wattwurmkopf.
„Das stimmt", nickte Wiegand, „aber beim Kindergarten seid ihr dann noch lange nicht."
Siefke, Lieske und Wübke machten Augen wie Ankerklüsen und öffneten ihre Münder wie Klaffmuscheln ihre Schalen.
„Wo ... wo liegt denn der Kindergarten?", fragte Lieske. „Doch nicht etwa auf Memmert oder gar Norderney?"
„So weit weg ist er nun auch wieder nicht", erklärte Wiegand schmunzelnd. „Ihr müsst nur auf der Billstraße bis zum allseits beliebten Ortsteil Loog, wo sich nicht nur das Küstenmuseum befindet, sondern auch der Kindergarten Schwalbennest."
„Aber das sind ja gut und gerne noch mal drei Seemeilen!", riefen die drei kleinen Wattwürmer im Chor.
„Das kommt hin", nickte Wiegand. „Darum habe ich auch nicht vermutet, dass ihr heute noch aufbrechen wollt."
„Das ist wirklich kaum noch zu schaffen", stellte Wübke enttäuscht fest.
„Ja, und die Kinder werden sich darüber bestimmt nicht freuen", meinte Lieske.
„Für heute ist der Zug jedenfalls abgefahren", schnaufte Siefke.
„Der Zug schon, nicht aber der Kinderbus", bemerkte Wiegand Wattwurm.
„Der Kinderbus?"
„Genau, der Kinderbus, der die Kinder abholt und zum Kindergarten bringt. Oder glaubt ihr, die müssten jeden Tag die drei Seemeilen hin und wieder zurück laufen? Wenn ihr euch beeilt und nicht noch länger in den Spiegel schaut, könntet ihr den Kinderbus sogar noch erreichen."
Kaum hatte Wiegand Wattwurm den Satz vollendet, da glitschten seine drei Nichten auch schon an ihm vorbei auf den Ausgang der feuchten Wohnhöhle zu. Als er sich nach ihnen umdrehte, waren sie bereits

P. Pabst

Peter Pabst

verschwunden. Wenn es im Watt stauben würde, hätte er nun eine dicke Staubwolke sehen können. Doch da es im Watt nur sehr selten staubig ist, flogen nur ein paar Meerwassertropfen durch die Luft.

Meerwassertropfen spritzten auch weiterhin in den blauen ostfriesischen Himmel, denn Siefke, Lieske und Wübke flitzten über das Watt, als wäre der Klabautermann höchstpersönlich hinter ihnen her. Um jeden Preis wollten sie den Kinderbus noch erreichen, um pünktlich mit den Kindern im Kindergarten einzutreffen.

„Wattwürmer sind für ihre Pünktlichkeit bekannt", keuchte Siefke. „Wir können es uns nicht leisten, zu spät zu kommen, sonst ist unser guter Ruf dahin."

Nach guten eineinhalb Seemeilen erreichten sie endlich den Hafen von Töwerland, flutschten aus dem Watt und krochen pustend auf der Bahnhofstraße in Richtung Rathaus.

„Wo ist der Kinderbus?", fragte Siefke und schnappte nach Luft.

„Wie sieht der überhaupt aus?", fügte Wübke hinzu.

„Das wissen wir nicht. Wir haben vergessen, Wiegand danach zu fragen", gestand Lieske sich selbst und den anderen ein.

„Und was machen wir jetzt?", fragte Siefke.

„Wir sehen uns einfach nach allen Bussen um, die auf der Wilhelmstraße nach Westen in Richtung Loog fahren", schlug Wübke vor.

Und genau das taten die drei kleinen Wattwürmer auch. Sie richteten sich auf und reckten ihre Hälse. Sie spähten nach Osten, wo der Flugplatz lag, nach Norden in Richtung Rathaus und nach Westen in Richtung Loog. Ab und zu blickten sie auch mal nach Süden, wo das Watt lag.

„Wenn wir nur ungefähr wüssten, wie der Kinderbus aussieht", bemerkte Lieske.

„Vielleicht wie ein gelber Postbus?", vermutete Wübke. „Von so einem Bus habe ich nämlich mal ein Foto gesehen."

„Oder wie ein roter Doppeldeckerbus", schlug Siefke vor. „Solche Busse fahren in London. Das hat jedenfalls Tante Regina Regenwurm erzählt."

„Es könnte aber auch ein großer grauer Greyhound-Bus sein, die in Amerika sehr beliebt sind", meinte Lieske.

Doch so sehr sich die drei kleinen Wattwürmer auch reckten und nach gelben, roten und grauen Bussen Ausschau hielten, nicht einmal ein kleiner VW-Bus fuhr auf einer der Straßen. Auch als sie nach kurzer Überlegung sogar nach grünen, blauen und weißen Bussen suchten, hatten sie keinen Erfolg.

„Kein Wunder!", rief Lieske plötzlich. „Auf Töwerland fahren ja gar keine Autos! Und schon gar keine Busse! Auch keine gelben, roten oder grauen. Da können wir natürlich lange suchen."

„Aber nach was für einem Fahrzeug sollen wir dann Ausschau halten?", fragte Wübke. „Etwa nach einem Handkarren, in dem zwei oder drei Kinder hocken?

„Nach einem Pferdewagen natürlich!", verkündete Siefke. „Der Kinderbus kann nur ein Pferdebus sein! Darauf hätten wir auch gleich kommen können."

In diesem Augenblick fuhr in gemächlichem Tempo ein bunt bemalter Pferdebus an ihnen vorbei. Lieske, Siefke und Wübke reckten sofort ihre Köpfe.

„Den haben wir doch vorhin schon gesehen", bemerkte Wübke.

„Genau", bestätigte Lieske, „und wenn ich mich nicht irre, sind vorhin auch ein paar Kinder in den Bus eingestiegen."

„Dann kann es nur unser Kinderbus sein!", freute sich Siefke.
„Nichts wie hinterher!", rief Wübke und kroch los. Auch Lieske und Siefke krochen, was ihre geringelte Wattwurmhaut hergab, hinter dem bunten Pferdebus her, der die Kinder zum Kindergarten Schwalbennest brachte.
„Sofort anhalten!", schrie Wübke.
„Wattwurm über Bord!", rief Lieske.
„Du meinst wohl, Wattwurm will an Bord!", verbesserte Siefke.
Erst als die Wilhelmstraße in die Billstraße überging, hatten sie den Kinderbus eingeholt und der Kutscher ihr Rufen gehört. Keuchend kletterten sie an Bord und wurden von den Kindergartenkindern freudig begrüßt.
Während Lieske, Siefke und Wübke noch lange nach Luft schnappten, sangen die Kinder den Gewitterhexensong, der von den beiden Hexen Geelke und Tönna erzählt, die einst auf Töwerland gezaubert haben sollen.
Als der Bus das Schwalbennest erreichte, hatten sich die drei kleinen Wattwürmer wieder erholt und konnten nun vom Leben im Watt berichten.
Von ihrem Irrtum aber und ihrer Suche nach gelben, roten und grauen Bussen erzählten sie niemandem ein Wort. Nicht einmal Wiegand. Dieser peinliche Irrtum blieb für immer ihr Geheimnis.

lkommen
auf JUIST
PeterPabst

Kofferträger gesucht

„Schließt die Sieltore! Flutet die Priele! Bringt die Schaumkronen in Sicherheit!", rief Wiegand Wattwurm durch seine feuchte Wohnhöhle im Watt.
„Was ist denn los?", fragten Lieske, Siefke und Wübke, die sofort aus ihren Zimmern gekrochen kamen. „Bist du dem Klabautermann persönlich begegnet?"
„Viel schlimmer!", stöhnte Wiegand.
„Etwa dem Ungeheuer von Loch Neßmersiel?"
„Viel schlimmer!"
„Etwa einem Schlagersänger?"
„Noch viel schlimmer!"
„Dann kann es nur Tante Regina Regenwurm sein", vermutete Wübke.
„Genau so ist es", jammerte Wiegand. „Gerade habe ich die Flaschenpost bekommen. Sie ist seit ein paar Tagen auf Töwerland und erwartet uns bei Niedrigwasser am Hafen. Das ist in genau einer Stunde."
„Dann können wir uns ja gleich auf den Weg machen", maulte Lieske, die sich noch gut an den letzten Besuch der Tante erinnern konnte. „Wie lange will sie denn diesmal bleiben?"
„Zum Glück nur ein paar Tage", schnaufte Wiegand. „Dann glitscht mal los, während ich hier Klarschiff mache und die Höhle auf Vordermann bringe."
Mit finsteren Mienen krochen also Lieske, Siefke und Wübke in Richtung Töwerland davon und fragten sich, welche Überraschungen ihre Tante diesmal bereithalten würde. Als sie den Hafen erreichten, brauchten sie nicht lange zu raten, denn schon von weitem sahen sie, dass Regina nicht einen oder zwei Koffer dabei hatte, sondern gleich zehn. Wie immer hatte sie ihren Sonnenschirm aufgespannt, einen Strohhut auf dem Kopf und trug ein knallbuntes Hawaiihemd. Außerdem roch sie nach teurer Sonnencreme. Ein echter Landwurm eben.
„Da seid ihr ja, meine Lieben!", piepste der Regenwurm. „Wurde auch langsam Zeit, ich warte schon seit fast zwei Minuten hier und stehe mir den Schwanz in den Bauch. Schnappt euch die Koffer, und los geht's. Ich möchte pünktlich zum Tee bei Wiegand sein!"
Lieske, Siefke und Wübke schnappten, aber sie konnten nicht mal einen der zehn Koffer vom Fleck bewegen.
„Hast du etwa deine Steinsammlung mit in den Urlaub genommen?", fragte Lieske schwitzend und pustend. „Diese Koffer können wir nicht tragen, die sind viel zu schwer für uns."
„Dann holt Wiegand, der ist groß und kräftig", antwortete Regina Regenwurm. „Außerdem habe ich nur die schönsten Steine mitgenommen."
„Wie rücksichtsvoll von dir", meinte Siefke.
„Das finde ich auch", piepste die Tante, „und nun beeilt euch, sonst verpassen wir den Tee."
Siefke, Lieske und Wübke blieb nichts anderes übrig, als mit höchster Wurmgeschwindigkeit zurück zur Wohnhöhle zu flitzen und Wiegand zu Hilfe zu holen. Doch Wiegand hatte gerade seine Küchenschürze umgebunden und war dabei, in der Kombüse einen Berg von Geschirr abzuwaschen.

„Ich kann leider nicht mitkommen", entschuldigte sich der Wattwurm, „aber ihr seht ja selbst. Fragt doch einfach den Handschuh, der macht das schon. Für den ist das kein Problem."
„Den Handschuh?", wiederholte Wübke und drehte sich zu ihren Schwestern um.
„Das hat er gesagt", nickte Lieske. „Wir sollen den Handschuh fragen."
„Aber welchen?", grübelte Siefke.
„Fangen wir einfach mit unseren Winterhandschuhen an", schlug Wübke vor und kroch zum Kleiderschrank.
Die drei kleinen Wattwürmer nahmen einen Handschuh nach dem anderen aus der Schublade und fragten ihn: „Kannst du die Koffer unserer Tante vom Hafen zur Wohnhöhle tragen?" Doch keiner der Handschuhe antwortete ihnen oder zuckte auch nur kurz mit den Fingern.
„Dann fragen wir eben den Taucherhandschuh, den wir im vergangenen Herbst gefunden haben", meinte Siefke.
Es dauerte eine Weile, bis sie den Taucherhandschuh gefunden hatten, doch schließlich zog ihn Lieske aus einem Haufen Strandgut, der ein ganzes Zimmer füllte. Und wieder stellten sie die Frage: „Kannst du die Koffer unserer Tante vom Hafen zur Wohnhöhle tragen?" Doch auch der Taucherhandschuh blieb stumm.
„Dann bleiben nur noch Wiegands alte Boxhandschuhe übrig", sagte Wübke. „Andere Handschuhe haben wir hier nicht."
Die Boxhandschuhe waren knallrot und hingen über Wiegands Bett. Vorsichtig krochen die drei Wattwürmer über die Bettdecke und stellten ihre Frage: „Kannst du die Koffer unserer Tante vom Hafen zur Wohnhöhle tragen?"
Doch auch die roten Boxhandschuhe gaben keine Antwort und blieben regungslos an der Wand hängen, wie sie es immer taten.
„So ein blöder Ratschlag!", meckerte Lieske. „Seid wann fragt man auch Handschuhe, ob sie einem beim Tragen helfen."
Enttäuscht kehrten die drei kleinen Wattwürmer zu Wiegand in die Kombüse zurück und bauten sich wütend vor ihrem Onkel auf.
„Sagt bloß, ihr seid schon wieder zurück?", fragte Wiegand erstaunt. „Aber wo ist Regina? Und wo sind ihre vielen Koffer?"
„Am Hafen. Wo denn sonst", antwortete Lieske.
„Wir haben alle Handschuhe in der Wohnhöhle gefragt, aber keiner hat uns geantwortet", beschwerte sich Siefke.
„Nicht einmal deine roten Boxhandschuhe wollten uns helfen!", fügte Wübke hinzu.
Wiegand machte ein Gesicht wie ein Seepferdchen beim Anblick eines echten Pferdes und lachte dann laut los. „Ich habe doch nicht diese Handschuhe gemeint. Wie kommt ihr denn auf diese verwegene Sturmflutidee?"
„Aber welchen Handschuh hast du denn dann gemeint?", fragte Lieske.
„Rufus Handschuh natürlich. Den auf ganz Töwerland weltbekannten Experten für den Transport von Reisegepäck aller Art", lachte Wiegand.
„Aber natürlich, Rufus Handschuh, darauf hätten wir auch selber kommen können!", entfuhr es Lieske, deren Wangen sich leicht röteten. Auch ihren Schwestern war der Irrtum so peinlich, dass sie rot wurden. Doch dann glitschten sie zurück nach Töwerland, so schnell sie konnten.
Und während Lieske Tante Regina Regenwurm beruhigte und versprach, dass Wiegand einen ganz

Mr. 100000 Watt
Peter Pabst

besonders guten Tee kochen würde, krochen Siefke und Wübke durch die Straßen und suchten Transportfachmann und Kofferträger Rufus Handschuh. Sie fanden den freundlichen Mann schon nach wenigen Minuten vor dem Hotel Pabst, und er war gerne bereit, die zehn Koffer von Regina Regenwurm zur Wohnhöhle zu tragen.

Erst musste er sich jedoch von dem Wattführer Heino ein paar Gummistiefel leihen, dann konnte er sich die Koffer unter die Arme klemmen und losmarschieren. Regina, Lieske, Siefke und Wübke krochen voraus und freuten sich auf den Tee. Rufus Handschuh freute sich auch, und zwar auf ein gutes Trinkgeld.

Das Wattwurmmobil

„Beim Sonnenschirm von Tante Regina Regenwurm, ist das heute eine Hitze!", stöhnte Wiegand Wattwurm, nachdem er nur ein paar Minuten aus seiner Wohnhöhle geschaut hatte. „Zum Glück ist es hier unten angenehm feucht und kühl."

„Wir bleiben heute auch lieber unten und verzichten auf ein Eis", meinte Siefke und fächelte sich mit der abgerissenen Ecke einer alten Seekarte frische Luft zu.

„Dabei wäre ein Eis eigentlich das Beste bei diesem Wetter", bemerkte Wübke. „Ganz besonders ein Sanddorneis."

„Das können wir uns am Nachmittag immer noch holen, wenn es nicht mehr ganz so heiß ist", sagte Lieske.

„Dabei fällt mir ein", schwitzte Wiegand, „heute wollte eigentlich mein Vetter Wilke zu Besuch kommen, um mit mir ein Sanddorneis essen zu gehen. Aber er wird wohl kaum so unvorsichtig sein und bei diesem Wetter übers heiße Watt zu kriechen. Dabei könnte er sich ja einen gefährlichen Sonnenbrand holen und schnell aussehen wie frisch gekochter Granat."

In diesem Augenblick erschien im Eingang der Wohnhöhle ein großer Wattwurm, der aussah wie frisch gekochter Granat.

„Wilke!", riefen Wiegand und seine drei Nichten wie im Chor.

„Wie habt ihr mich erkannt?", keuchte Wilke Wattwurm und schleppte sich weiter in die Höhle. „Ich muss doch längst aussehen wie …"

„… frisch gekochter Granat. Und genau daran haben wir dich erkannt", antwortete Wiegand besorgt.

„Ich hatte heute Morgen nicht damit gerechnet, dass es so unglaublich heiß werden würde. Erst als ich schon zwei Seemeilen gekrochen war, habe ich gemerkt, dass ich einen schweren Fehler gemacht habe. Noch dazu habe ich meine Sonnencreme vergessen und konnte mich nicht einmal einschmieren. Und das alles wegen eines Sanddorneises."

R.Pabst

„Keine Sorge, das kriegen wir schon wieder hin", tröstete ihn Wiegand. „Lieske, Siefke und Wübke holen gleich besonders feinen und kalten Schlick aus dem Keller und reiben damit deine Haut ein. Das ist ein altes Hausmittel."

„Und ob es das ist", nickte Wübke, „schließlich besteht jedes Wattwurmhaus aus Schlick."

Wenig später lag Wilke Wattwurm ausgestreckt im Wohnzimmer und wurde von den drei kleinen Wattwürmern mit kühlem Schlick bedeckt.

„Seid bitte vorsichtig", jammerte der Patient, doch als er erst die Kühle auf seiner Haut spürte, lächelte er zufrieden.

„Der Sonnenbrand ist bald vergessen", meinte Wiegand zu seinen Nichten, während Wilke wie ein Hotdog im Schlick steckte, „doch seinen Wunsch nach einem Sanddorneis können wir ihm wohl nicht erfüllen. Dabei wäre ein Eis jetzt genau das Richtige für ihn."

„Wir könnten doch so schnell wie eine Springflut nach Töwerland glitschen und ihm ein Eis holen", schlug Siefke vor.

„Ein guter Vorschlag, doch leider hast du vergessen, dass das Eis längst geschmolzen sein wird, wenn ihr wieder hier eintrefft", entgegnete Wiegand.

„Wenn wir das Eis nicht zu Wilke bringen können, müssen wir Wilke eben zum Eis bringen", sagte Lieske.

„Auch ein guter Vorschlag", nickte Wiegand, „bis nach Töwerland wäre das auch kein Problem. Schließlich haben wir kühlen Schlick und Sonnencreme. Aber auf der Insel kann er in seinem Zustand nicht kriechen, und seine Haut würde so rot werden wie der Bart des roten Korsaren."

„Nicht, wenn wir ein Wattwurmmobil hätten!", warf Siefke ein.

„Ein was?", fragte Wiegand nach.

„Ein Wattwurmmobil", strahlte Siefke. „Eine Art Wagen, randvoll mit kühlem Schlick gefüllt, mit dem man hitzeempfindliche Wattwürmer auch bei 30 Grad im Schatten auf Töwerland befördern kann."

„Und wo sollen wir so ein Wattwurmmobil hernehmen?", fragte Wiegand weiter.

„Ganz einfach", strahlte Siefke noch immer, die längst eine passende Idee zu bieten hatte. „Wir leihen uns einfach eine Handkarre. Davon gibt es doch Hunderte auf Töwerland. Wir füllen die Karre mit kühlem Schlick und fahren Wilke damit zur Eisdiele."

„Das klingt wirklich gut", gab Wiegand zu und kratzte sich nachdenklich am Kinn. „Das könnte klappen."

„Bestimmt sogar", meinte Siefke stolz, „denn schließlich ist die Idee von mir!"

„Also los", entschied Wiegand. „Alle Mann Klarschiff zum Gefecht! Wir schmieren uns mit Sonnencreme ein, suchen uns aus dem Strandgutlager ein paar alte Schirme und helfen Wilke, nach Töwerland zu kommen. Dort füllen wir eine Handkarre mit Schlick und gehen Eis essen!"

Doch diese Aufgabe war gar nicht so einfach zu lösen. Denn erst einmal mussten sie den mit Schlick bepackten Wiegand aus der Wohnhöhle manövrieren und anschließend übers Watt schleifen. Wilke unterstützte sie dabei, so gut er konnte, doch war er noch sehr erschöpft. Lieske zog nicht mit, sondern hielt gleich drei Sonnenschirme über die anderen Wattwürmer.

Endlich erreichten sie die Insel. Wiegand glitschte sofort zum nächsten Fahrradverleih und besorgte eine Handkarre. Der Rest war nun kein Problem mehr, wenn man davon absieht, dass Wilke nicht gerade ein sehr schlanker Wattwurm war und ein stattliches Gewicht auf die Briefwaage brachte.

Aber mit vereinten Kräften saß er bald in der Handkarre und steckte bis zum Hals in kühlem Schlick. Über ihm schützten ihn die Sonnenschirme vor der Sonne.
„Auf zur Eisdiele!", gab er das Kommando, während Wiegand und seine Nichten das erste Wattwurmmobil der Welt langsam in Bewegung setzten. Insulaner und Feriengäste staunten nicht schlecht, als sie das sonderbare Fahrzeug erblickten. Auch die Gäste der Eisdiele machten große Augen, als das Wattwurmmobil an einem der Tische anhielt und Wiegand fünf große Sanddorneis bestellte.
„Das ist die beste Medizin", versicherte Wiegand.
„Und wie die wirkt", freute sich sein Vetter Wilke, „ich könnte gleich noch ein Eis verdrücken."
„Außerdem könntest du nachher alleine durchs Watt zurückkriechen", schnaufte Wübke, „denn zur Abwechslung können wir nun nicht mehr."
„Kein Problem", nickte Wilke, „ich bin schon fast wieder fit wie Heino, euer Wattführer. Das habe ich nur euch zu verdanken."
„Und dem Sanddorneis!", meinte Wiegand. „Am besten, wir bestellen gleich noch eine Runde!"
„Und morgen schreibe ich eine Flaschenpost ans ostfriesische Patentamt und melde meine Erfindung zum Patent an", strahlte Siefke.

Tante Reginas Rettung

„Schließt die Sieltore! Flutet die Priele! Bringt die Schaumkronen in Sicherheit!", rief Wiegand Wattwurm wieder einmal durch seine feuchte Wohnhöhle im Watt.
„Was ist denn los?", fragten Siefke und Wübke, die sofort aus ihren Zimmern gekrochen kamen.
„Na, was wohl?", entgegnete Lieske. „Was soll schon los sein, wenn die Sommersaison beginnt und halb Deutschland Ferien hat?"
„Aber natürlich!", rief Siefke. „Das hatte ich völlig vergessen."
„Was hattest du vergessen?", fragte Wübke, die immer noch nicht wusste, warum Wiegand mit Besen und Schlicksauger durch die Wohnhöhle tobte und schrubbte und aufräumte wie eine Putzkolonne nach dem Silvesterball.
„Ferien, Urlaub, Strandvergnügen", sagte Lieske. „Na, wer glitscht auf so was jedes Jahr zur selben Zeit voll ab?"
„Tante Regina Regenwurm!", entfuhr es Wübke.
„Genau so ist es", jammerte Wiegand und schob einen Berg Strandgut durch den Gang.

„Gerade habe ich die Flaschenpost bekommen. Sie war schon ein paar Tage auf Borkum und glitscht in einer Stunde zu uns nach Töwerland."
„Dann muss sie ja übers Billriff", bemerkte Siefke nachdenklich.
„Na und?", meinte Wiegand. „Das ist nun mal der kürzeste Weg von Borkum nach Töwerland."
„Aber auch der gefährlichste", entgegnete Siefke. „Da treibt sich jede Menge Treibsand rum."
„Und der treibt es ganz schön heftig", ergänzte Lieske. „Wer sich da nicht vorsieht, hat das Nachsehen und wird nie wieder gesehen."
„Vielleicht haben wir ja Glück!", kicherte Wübke.
„Das will ich nicht gehört haben!", brummte Wiegand. „Schließlich ist sie unsere liebe Tante. Also los, ihr kriecht ihr in neuer Bestzeit entgegen und warnt sie. Ich werde weiter Klarschiff machen."
„Aye, Aye, Käpten!", riefen die drei kleinen Wattwürmer und flitzten los, dass der Schlick nur so spritzte.
Zur Bill, also zum westlichen Ende von Töwerland, war es ein weiter Weg. Lieske, Siefke und Wübke mussten ihr Bestes geben, um vor Regina Regenwurm am Billriff zu sein, einer großen Sandbank, auf der sich Strandläufer und Regenpfeifer tummelten.
„Siehst du schon was?", keuchte Wübke, als sie das Riff fast erreicht hatten.
„Nein, kein Regenwurm in Sicht", antwortete Lieske.
„Und jetzt?", fragte Wübke, als sie die Sandbank endlich erreicht hatten.
„Immer noch kein Regenwurm in Sicht", schnaufte Lieske.
„Gut, dann warten wir hier. Irgendwann wird sie schon auftauchen", schlug Siefke vor.
„Wo ist eigentlich dieser gefährliche Treibsand?", fragte Wübke.
„Ich fürchte, genau unter uns", antwortete Lieske mit bebender Stimme.
„Ach, du grüner Hering!", rief Wübke, die in diesem Augenblick bemerkte, dass ihr Körper langsam im weichen Untergrund versank.
„Bei allen glitschigen Quallen der Nord- und Ostsee, ich kann mein Hinterteil nicht mehr bewegen!", stellte Lieske entsetzt fest.
„Wir müssen sofort loskriechen, sonst versinken wir!", schlug Wübke vor.
„Auf keinen Fall!", erwiderte Siefke. „Wir müssen uns ruhig verhalten. Je mehr wir uns bewegen, umso tiefer sinken wir ein."
„Woher willst du das denn wissen?", fragte Wübke.
„Aus der Zeitung", antwortete Siefke.
„Du liest Zeitung?", wunderte sich Lieske.

Peter Pabst

„Ja. Und da stand, je mehr man sich bewegt, umso tiefer versinkt man. Wenn man sich aber ruhig verhält, sinkt man nur etwa bis zum Bauch ein."
„Hoffentlich hat sich der Reporter gut informiert", sagte Siefke ängstlich.
„Das hat er", flüsterte Wübke. „Wir sinken nicht weiter."
„Bis zum Bauch, das reicht auch", hauchte Lieske. „Aber was machen wir jetzt?"
„In der Zeitung stand, man soll warten, bis Hilfe kommt", erklärte Siefke mit leiser Stimme.
„Ein toller Tipp!", raunte Wübke. „Und wer soll hier bitteschön kommen? Die Flut vielleicht? Oder die nächste Fähre?", maulte Lieske.
„Du hast recht. Wir stecken ganz schön tief im Schlamassel", nickte Siefke. „Dabei haben wir noch Glück, denn die Flut kann uns nichts anhaben, denn wir sind ja Wattwürmer und können unter Wasser atmen. Im Gegenteil, das Wasser wird dafür sorgen, dass wir freigespült werden."
„Aber bis dahin sind es noch drei Stunden, die wir bewegungslos in der prallen Sonne aushalten müssen. Eine lange Zeit", jammerte Lieske.
„Und Tante Regina haben wir auch nicht gefunden", fügte Siefke hinzu.
„Die steckt bestimmt auch im Treibsand fest", meinte Wübke.
Schon nach wenigen Minuten der völligen Bewegungslosigkeit taten den Wattwürmern alle Ringe weh, und ihre Haut begann trocken zu werden. Die Sommersonne brannte, und langsam bekamen sie Durst.
„So ein Möwenmist!", röchelte Lieske und schloss die Augen. „Das hält doch keine Auster aus!"
„Was treibt ihr denn da im Treibsand?", ertönte plötzlich eine vertraute Stimme. Vor Lieske, Siefke und Wübke baute sich eine sonderbare Gestalt in einem Hawaiihemd auf. In der einen Hand hielt sie einen Sonnenschirm, in der anderen mehrere Taschen und einen Koffer. Auf ihrer Nase thronte eine geschwungene Sonnenbrille, wie sie vor 50 Jahren üblich war.
„Tante Regina!", riefen die drei Wattwürmer erleichtert.
„Ich wolltet euch wohl drücken, mein Gepäck zu tragen? Aber daraus wird nichts. Los, raus da, und frisch zugepackt!"
„Das würden wir nur zu gerne, aber wir stecken hier fest", erklärte Wübke. „Und wenn du nicht aufpasst, versinkst du auch gleich!"
„So ein Unfug, das ist nur gewöhnlicher Treibsand, damit kenn ich mich aus. Schließlich habe ich lange genug in Treibsande in Friesland gelebt. Hier, schnappt euch meinen Sonnenschirm!"
Regina Regenwurm schloss ihren Schirm, fasste ihn an der Spitze an und reichte den Griff zu den festsitzenden Wattwürmern. Einen nach dem anderen zog sie ohne große Mühe aus dem Treibsand.
„Super! Du hast uns gerettet!", bedankte sich Wübke.
„Schon gut, jetzt aber ran an die Koffer. Hoffentlich hat Wiegand inzwischen seine Wohnung auf Vordermann gebracht. Schließlich will ich es gemütlich haben im Urlaub."
Als Lieske, Siefke und Wübke mit Regina Regenwurm die Wohnhöhle erreichten, wurden sie bereits von Wiegand erwartet, der sich schon Sorgen gemacht hatte.
„Na, da bin ich aber erleichtert", sagte er. „Wie gut, dass ich die Kleinen losgeschickt habe. Aber auf Lieske, Siefke und Wübke ist eben Verlass. Im Notfall hätten sie dich bestimmt sogar aus dem Treibsand gerettet."
„Bestimmt!", nickte Regina Regenwurm.

Die Rakete

„Habt ihr Lust auf ein Sanddorneis?", fragte Lieske.
„Und ob!", antworteten Siefke und Wübke.
„Na dann – nichts wie hin!", sagte Lieske und glitschte über den Sand zur nächsten Eisdiele.
Wenig später leckten die drei kleinen Wattwürmer um die Wette. Sie hatten sich in die Dünen in den Schatten eines Sanddornbusches zurückgezogen und genossen den warmen Sommertag.
„Endlich ist mal nichts los", freute sich Wübke.
„Ich liebe Tage ohne Aufregung", stimmte Lieske zu.
„Das können wir nach der Abreise von Tante Regina Regenwurm auch gut gebrauchen. Ein paar Tage ohne Aufregung", nickte Siefke.
„Mit viel Sanddorneis!", fügte Lieske hinzu. „Und viel Ruhe!"
„Ich fürchte, damit ist es jetzt vorbei. Ich höre Stimmen", bemerkte Wübke.
„Aber ganz leise. Irgendjemand flüstert etwas", lauschte Siefke.
„Jetzt höre ich es auch", sagte Lieske. „Aber warum tuscheln die denn so?"
„Weil sie ein Geheimnis haben. Ist doch klar", meinte Wübke.
„Und was für eines", bemerkte Siefke erstaunt. „Ich höre nämlich dauernd das Wort Rakete!"
„Eine Rakete? Hier auf Töwerland?"
„Ja, ich habe es doch genau gehört. Die beiden, von denen die Stimmen stammen, wollen sich morgen bei der Rakete treffen", sagte Wübke.
„Was mag das für eine Rakete sein?", fragte sich Lieske.
„Bestimmt ist sie gefährlich. Raketen sind immer gefährlich. Erinnert euch nur mal an die Silvesterrakete, die bei uns im Watt gelandet ist", meinte Siefke.
„Wir müssen sofort Wiegand alarmieren, damit er ganz Töwerland alarmiert", schlug Wübke vor.
„Das mache ich", sagte Lieske.
„Und wir suchen die Rakete", fügte Wübke hinzu. „Vielleicht können wir sie entschärfen."
Wenig später kroch Lieske Richtung Süden ins Watt, während Siefke und Wübke auf der Dünenstraße damit begannen, nach der Rakete zu suchen.
„Wie mag die wohl aussehen?", fragte Siefke.
„Na, wie Raketen eben so aussehen", antwortete Wübke. „Lang und dünn und rund und spitz."
„Dann habe ich die Rakete gefunden!", prahlte Siefke.
„Das ist ein Bleistift", schüttelte Wübke den Kopf.

„Außerdem ist die Rakete bestimmt viel größer. Komm, wir schauen mal in der Wilhelmstraße nach."
Siefke und Wübke blinzelten in jeden Papierkorb und hinter jeden Gartenzaum. Sie krochen unter jeden Busch und hielten jeden Pferdewagen an. „Halt! Stopp! Raketenkontrolle!", rief Wübke, während Siefke den Kutscher und die Fahrgäste aufforderte, ihre Taschen zu leeren und ihre Koffer zu öffnen. Mit fragenden Blicken und leicht geöffneten Mündern folgten die Menschen den Anweisungen der beiden kleinen Wattwürmer.
„Ich habe die Rakete gefunden!", prahlte Siefke ein zweites Mal und hielt einen langen, spitzen Gegenstand in die Luft, der viel größer als ein Bleistift war.
„Das ist ein zusammengelegter Sonnenschirm", schüttelte Wübke erneut den Kopf. „Bitte entschuldigen Sie die Störung, Sie können weiterfahren."
„Wieder nichts", sagte Siefke enttäuscht.
„Raketen sind nicht leicht zu finden", meinte Wübke. „Aber wir geben trotzdem nicht auf. Da vorne kommen ein paar Surfer."
„Die sehen verdächtig aus", sagte Siefke und rief: „Halt! Stopp! Raketenkontrolle!"

„Raketenkontrolle?", wiederholte ein junger, sportlicher Mann mit Baseballmütze. „Seit wann gibt es denn so etwas?"
„Seit Silvester", antwortete Wübke. „Auf Anfrage von Wattwürmern sind sämtliche mitgeführten Raketen umgehend vorzuzeigen!"
„Das haben wir nicht gewusst", entschuldigte sich ein Mädchen.
„Aber wir haben gar keine Raketen. Nicht mal zu Silvester", bemerkte der Mann.
„Und was ist das hier?", fragte Siefke mit energischer Stimme und zeigte mit dem Finger auf einen mehr als zwei Meter langen, runden und spitzen Gegenstand.
„Das ist der Mast von meinem Surfbrett", erklärte der Mann lachend.
„Dann wünsche ich Ihnen viel Spaß beim Surfen", sagte Wübke, „und entschuldigen Sie bitte die Störung."
„Mast- und Schotbruch!", wünschte Siefke mit rotem Kopf.
„Danke", sagte der Surfer. „Und weiterhin viel Erfolg!"
„Den können wir gebrauchen", entgegnete Wübke und sah dabei Siefke streng an. „Eine Rakete ist nicht nur lang und spitz, sie hat am unteren Ende auch eine Raketendüse. Seit wann hat denn ein Mast eine Raketendüse?!"
„Ich kenn mich mit Raketen eben nicht so gut aus wie du", entschuldigte sich Siefke.
„Achtung, da kommt der Nächste!", sagte Wübke.
„Das ist Jan von der Feuerwehr", stellte Wübke fest, als der Mann näherkam. „Der hält irgendetwas Spitzes in der Hand."
„Halt! Stopp! Raketenkontrolle!", rief Siefke.
„Raketenkontrolle? Seit wann gibt's das denn?", fragte der Feuerwehrmann.

Peter Pabst

„Seit Silvester", antwortete Siefke. „Auf Anfrage von Wattwürmern sind sämtliche mitgeführten Raketen umgehend vorzuzeigen!"
„Was euch immer so alles einfällt", lachte Jan und wollte weitergehen. Doch Siefke hielt ihn am Hosenbein fest.
„Diesmal habe ich die Rakete aber wirklich gefunden!", triumphierte sie und schnappte sich den spitzen Gegenstand, den der Feuerwehrmann in der Hand trug. „Und hier hinten ist auch die Düse."
„Aber Kinners, das ist doch nur ein kaputtes C-Strahlrohr", schmunzelte der Feuerwehrmann. „Das nehme ich mit nach Hause, um es zu reparieren."
„Wasser marsch!", sagte Wübke und zog Siefke von dem Strahlrohr weg. „Jetzt reicht es aber. Lass in Zukunft mich nach der Rakete suchen, sonst hältst du am Ende noch unseren Kirchturm für die Rakete."
„Dann habt ihr die Lösung also schon gefunden", hörten sie plötzlich Wiegand sagen, der unvermittelt zusammen mit Lieske vor ihnen stand.
„Welche Lösung?", fragte Wübke verständnislos.
„Werft einmal einen Blick auf unseren Kirchturm. Was fällt euch auf?", wollte Wiegand wissen.
„Er sieht aus wie eine Rakete!", strahlte Lieske. „Mit einer richtigen Raketenspitze und einer Düse. Als wäre sie startbereit für einen Flug zum Mond."
„Und daher wird der Kirchturm auf Töwerland von vielen auch so genannt", erklärte Wiegand. „Die beiden Heimlichtuer, die ihr zufällig belauscht habt, wollen sich morgen hier beim Kirchturm treffen. Das ist alles."
„Deswegen die ganze Aufregung?", beklagte sich Wübke.
„Die hättet ihr euch ersparen können", meinte Wiegand.
„Alles umsonst", sagte Lieske.
„Jedenfalls das Sanddorneis, das ich euch jetzt spendieren werde", lachte Wiegand.

Das neue Wappen

„Das ist ja ein Ding!“, entfuhr es Lieske, als sie beim Frühstück einen Blick in den Töwerland-Kurier warf.
„Was denn für ein Ding?“, fragte Siefke und löffelte sich noch eine Portion Frühstücksschlick auf den Teller.
„Na, die Sache mit dem Wappen“, antwortete Lieske.
„Welches Wappen? Nun rück endlich mit der ganzen Geschichte raus!“
„Das Wappen von Gran Malaria.“
„Gran Malaria?“, fragte Wübke.
„Das ist eine kleine Insel vor der Küste Westafrikas“, erklärte Lieske.
„Na und? Das ist doch allgemein bekannt“, meinte Siefke, „und noch lange keine Sensation.“
„Aber Gran Malaria hat letzte Woche endlich ein eigenes Wappen bekommen“, entgegnete Lieske.
„Ein eigenes Wappen?“, wiederholte Wübke. „Aber ich denke, jede Stadt und jede Insel hat schon längst ein eigenes Wappen.“
„Gran Malaria aber nicht. Zwei Jahre haben Grafiker und Künstler Vorschläge eingereicht, bis sich alle einig waren“, berichtete Lieske.
„Was ist denn auf dem Wappen zu sehen?“, fragte Wübke.
„Drei Mücken“, antwortete Lieske.
„Sehr passend“, lachte Siefke. „Diese Idee hätte von mir sein können. Und dafür haben die zwei Jahre gebraucht?“
„Stimmt. So ein Wappen hätten wir denen auch entworfen“, meinte Wübke.
„Das sagt ihr jetzt, nachdem das Wappen fertig ist“, entgegnete Lieske. „Das ist keine Kunst. Aber stellt euch vor, ihr habt nur die typische Form eines Wappens und sollt nun Motive finden.“
„Dabei fällt mir ein, hat Töwerland eigentlich ein Wappen?“, bemerkte Siefke.
„Keine Ahnung“, gestand Lieske.
„Nicht, dass ich wüsste“, sagte Wübke.
„Dann sollten wir uns sofort darum kümmern!“, schlug Siefke vor.
„Das ist eine Wahnsinnsidee!“, strahlte Wübke. „Stellt euch vor, wir entwerfen das Wappen für Töwerland!“
„Und werden wattberühmt!“, meinte Lieske.
„Ich habe auch schon eine Idee“, prahlte Siefke.
„Die ist bestimmt nicht so gut wie meine“, sagte Wübke.
„Wenn ihr meine hört, könnt ihr sowieso einpacken“, lachte Lieske. „Aber ich werde sie euch nicht verraten!“
„Warum nicht? Sag schon, du hast uns neugierig gemacht!“, forderte Siefke.
„Weil ich das Wappen erst in Ruhe zu Papier bringen will. Ihr werdet staunen!“
„Das werde ich auch tun“, nickte Wübke.
„Und ich auch!“, sagte Lieske.
„Also gut, dann machen auch wir einen richtigen Wettbewerb. Wir treffen uns in zwei Stunden wieder in der Küche. Dann müsste Wiegand auch zurück sein. Er kann dann entscheiden, welches Wappen das beste ist“, schlug Wübke vor.
„Eine tolle Idee!“, stimmte Lieske zu.

URIER
Peter Pabst

„Bis dann, in zwei Stunden", sagte Siefke. „Überlegt euch schon mal einen tollen Preis für mich."
Und schon glitschten die drei Wattwürmer in ihre Zimmer in der Wohnhöhle von Wiegand Wattwurm. Laut matschte jeder die Tür hinter sich zu und legte den Riegel aus einer alten Decksplanke vor.
„Was mag den anderen wohl eingefallen sein?", grübelte Lieske. „Bestimmt denken sie über den Namen der Insel nach. Töwer. Das heißt Zauber und Töwerske bedeutet Hexe. Natürlich! Bestimmt zeigt ihr Wappen eine Hexe! Doch wenn ich mich richtig erinnere, sind 1590 gleich drei Hexen beim Zaubern erwischt worden. Na klar! Ihr Wappen wird drei Hexen zeigen. Ob das wirklich so toll ist? Ich glaube nicht. Drei hässliche Hexen, die auf ihren Besenstielen über Töwerland fliegen. So ein Wappen will bestimmt niemand sehen! Zum Glück habe ich eine viel bessere Idee!"

Auch Siefke dachte in ihrem Zimmer über die möglichen Ideen der anderen beiden Wattwürmer nach. „Bestimmt zeichnen sie gerade die drei Hexen, denen Töwerland seinen Namen verdankt. Daran habe ich auch zuerst gedacht. Aber diese Idee ist gar nicht so gut, wenn man sich länger mit ihr befasst. Ich habe eine viel bessere!"

In ihrem Zimmer versuchte Wübke zu erraten, wie die Wappen der anderen aussehen könnten. Schnell glaubte sie, die Lösung gefunden zu haben: „Natürlich! Die drei Hexen. Diese Idee ist ebenso naheliegend wie schlecht. Zum Glück ist mir etwas viel Besseres eingefallen."

Fast zur selben Zeit begannen Siefke, Lieske und Wübke damit, ihre Ideen zu Papier zu bringen. Mit Tusche und Buntstiften, mit Pinsel und Bleistift schwitzten die drei kleinen Wattwürmer über ihren Wappen. Wübke war als erste fertig und öffnete

vorsichtig ihre Tür. Als nichts zu hören war, schlich sie sich zur Tür von Lieske. Als sie noch immer keinen Laut vernahm, riskierte sie einen Blick durchs Schlüsselloch. Lieske saß an ihrem selbstgebauten Schreibtisch und zeichnete. Leider konnte Wübke nicht erkennen, was auf dem Papier entstand. „Bestimmt drei Hexen", dachte sie.
Als es weiterhin ruhig blieb, glitschte sie vorsichtig zu Siefkes Tür, um ebenfalls durchs Schlüsselloch zu plieren. Fast hätte sie dabei die neue wasserfeste Stehlampe umgeschmissen, die Wiegand bei Fokea, dem etwas anderen ostfriesischen Möbelhaus, gekauft hatte. In letzter Sekunde konnte sie die Lampe packen und wieder hinstellen. Dann linste sie durch das Schlüsselloch. Sofort sprang sie wieder auf, denn Siefke war in diesem Moment von ihrem Schreibtisch aufgestanden. Blitzschnell flutschte Wübke in Richtung Küche und tat so, als wartete sie schon seit Stunden auf ihre Geschwister.
„Na endlich", schnaufte sie. „Wo bleibt ihr denn so lange?"
„Wir haben eben nicht die erstbeste Idee umgesetzt, so wie du, sondern etwas gründlicher nachgedacht", erwiderte Lieske.
„Na, dann zeigt mal eure Hexen!", spottete Wübke.
„Welche Hexen?", entgegneten Siefke und Lieske.
„Habt ihr etwa keine Hexen gezeichnet?"
„Diese Idee fand ich viel zu langweilig", antwortete Siefke.
„Hexen hat doch heute jeder", nickte Lieske.
„Was habt ihr dann?"
„Drei Wattwürmer!", riefen Siefke und Lieske und hielten ihre Wappen hoch.
„Die habe ich auch", raunte Wübke und zückte ihren Entwurf.
Auf allen drei Wappen waren tatsächlich jeweils drei Wattwürmer zu sehen, nämlich Lieske, Siefke und Wübke, die alle ein Sanddorneis in der Hand hatten und lächelnd über das Watt glitschten. Noch dazu sahen sich die drei Wappen zum Verwechseln ähnlich. Umso erstaunter blickten sich die drei Wattwürmer an.
„Na, Kinners, was ist hier denn los?", hallte es plötzlich durch die Wohnhöhle. Wiegand Wattwurm war vom Einkaufen zurück.
„Wir haben endlich ein Wappen für Töwerland entworfen", erklärte Wübke. „Jetzt ist die Insel für jeden Auftritt im Töwerland-Kurier und jeder anderen Zeitung gewappnet."
„Außerdem haben wir das beste Motiv der Welt für Töwerland gefunden", fügte Lieske hinzu.
„Nämlich uns!", sagte Siefke stolz.
„Das Wappen ist gar nicht mal so schlecht", schmunzelte Wiegand. „Es wird von nun an unser Familienwappen sein. Denn Töwerland hat ja längst ein Wappen."
„Was?!", riefen die drei kleinen Wattwürmer.
„Aber natürlich. Jede Stadt und jede Insel hat doch ein Wappen", schüttelte Wiegand Wattwurm den Kopf.
„Und was zeigt dieses Wappen?", fragte Wübke enttäuscht. „Wahrscheinlich drei Hexen."
„Nein, es zeigt drei Dünen. Wie es sich für die längste und schönste Sandbank der Welt gehört", lachte Wiegand Wattwurm.
„So, und nun suchen wir einen schönen Platz für unser neues Familienwappen."

Wiegand
ndbank Nr3
Peter Pabst

Das verzauberte Museum

„War der Flaschenpostbote schon da?", fragte Wiegand Wattwurm.
„Ja", antwortete Lieske gelangweilt, „er hat drei Flaschen gebracht. Wahrscheinlich alles Werbung."
„Solange keine Flaschenpost von Tante Regina Regenwurm dabei ist, stört mich die Werbung kaum", sagte Wiegand, entkorkte die erste Flasche und zog einen großen Prospekt heraus.
„Du hattest recht. Das ostfriesische Möbelhaus Fokea stellt nächste Woche sein neues Regal auf Töwerland vor. Es heißt Bill. Kein schlechter Name. Von Hand angefertigt aus bestem Treibholz."
Auch die nächste Flasche enthielt einen Prospekt, diesmal von der Reederei Brisia.
„Fähren zu fairen Preisen", las Wiegand vor und fing an zu lachen.
„Warum lachst du?", fragte Lieske.
„Weil die ausgerechnet einem Wattwurm Werbung für Fährfahrten schicken."
Auch Lieske musste lachen. Schließlich öffnete Wiegand die letzte Flasche. An einer dünnen Schnur zog er einen kleinen Zettel heraus.
„Der ist von Tebbe Tintenfisch. Wir sollen heute Nachmittag um drei Uhr zum Küstenmuseum kommen. Dort soll eine Überraschung auf uns warten."
„Eine Überraschung?", wiederholte Wübke, die gerade zusammen mit Siefke in die feuchte Küche der Wohnhöhle geglitscht kam.
„Ja, um drei Uhr beim Küstenmuseum!", strahlte Lieske. „Schreibt jedenfalls Tebbe."
„Na, dann nichts wie hin!", rief Wiegand. „Das können wir uns nicht entgehen lassen!"
Wiegand und seine drei kleinen Nichten machten sich rechtzeitig auf den Weg, denn vom Watt bis zum Dorf und von dort bis zum Loog waren es mehrere Kilometer. Aber die vier Wattwürmer waren in bester Sommerhochform. Der Schlick spritzte nur so, als sie Töwerland erreichten. Pünktlich um drei Uhr trafen sie im Loog ein und standen vor der „Schule am Meer", in der das Küstenmuseum untergebracht war.
„Niemand an Bord", stellte Wiegand fest und schnappte nach Luft.
„Kein Tintenfisch zu sehen", bestätigte Lieske, „und auch Gerda, Mytilus, Meta, Jan, Simone und Lükko sind nicht da."
„Wir waren wohl schneller", meinte Wübke. „Wahrscheinlich hat Tebbe schlapp gemacht. Er schiebt doch mit seinen vielen Armen immer den Schlickschlitten durchs Watt."
„Dann sehen wir uns eben ohne Lükko und seine Freunde um. Vielleicht entdecken wir die Überraschung auch so", schlug Wiegand vor. „Also los, verteilen wir uns."
Voller Neugier und so schnell sie konnten glitschten Siefke, Lieske und Wübke ins Museum, während sich Wiegand draußen umsah. Da er Töwerland wie seine eigene Wohnhöhle kannte, brauchte er nur einmal ums Haus zu kriechen, um festzustellen, dass sich nichts verändert hatte. Alles war so, wie es immer war. Alles – bis auf einen kleinen Leuchtturm, der gleich neben dem Eingang stand. Ein hässlicher,

Peter Pabst

Peter Pabst

schwarzer Zylinder mit rostigem Dach. Wahrscheinlich ein alter, stillgelegter Leuchtturm von einer anderen Insel, den das Küstenmuseum als neues Ausstellungsstück erworben hatte. Wiegand schüttelte den Kopf. So ein hässliches altes Teil hätte er niemals mühsam nach Töwerland schaffen lassen.
Siefke, Lieske und Wübke stürmten durch das Museum und ließen keinen Raum aus. Auch sie bemerkten nur einige wenige Veränderungen. So entdeckten sie in der guten Stube vor dem Kamin zwei neue Schaufensterpuppen. Wie ihre Vorgänger saßen sie am Tisch, trugen eine alte Tracht und tranken Tee. Auf diese Weise sollte den Besuchern vermittelt werden, wie die Menschen früher gelebt haben.
„Die sehen irgendwie komisch aus", meinte Wübke.
„Warum die alten Puppen wohl ausgetauscht worden sind?", fragte sich Lieske. „Die waren doch viel schöner als diese neuen Dinger."
„Und größer", fügte Siefke hinzu. „Die neuen Puppen sind einfach viel zu klein."
„Habt ihr den Tisch da gesehen?", fragte Wübke. „Ich meine den kleinen da mit den zehn Beinen."
„Der sieht wirklich komisch aus", stimmte Siefke zu.
„Die Tischplatte könnte der Deckel einer alten Teekiste sein. So eine lag doch vor ein paar Tagen am Strand."
„Dieser ausgestopfte Vogel ist auch neu", sagte Lieske und wies mit dem Finger auf einen bunt gefiederten Vogel, der auf dem Kaminsims stand.
„Diese Vogelart kenne ich gar nicht. Die muss äußerst selten sein. Seht euch nur mal die grünen und blauen Federn an."
„Ich habe noch etwas Komisches entdeckt", bemerkte Wübke, als sie sich die Teetafel genauer ansah. „Oder habt ihr schon einmal so eine merkwürdige Kluntjezange gesehen. Die sieht ja fast aus wie zwei Muschelschalen."
„Hier stimmt etwas nicht!", brummte Lieske.
„Das glaube ich auch", stimmte ihr Wübke zu und ließ nochmals ihren Blick durch das Zimmer kreisen. Sie spürte in ihrem ganzen Wattwurmkörper, dass in diesem Raum, in dem die getrockneten Bohnen an der Decke hingen, sonderbare Dinge vorgingen. Aber welche?
„Da!", schrie Siefke plötzlich auf. „Dieser komische Vogel auf dem Kaminsims hat sich bewegt!"
„Ich könnte schwören, dass sich auch eines der zehn Tischbeine von diesem hässlichen kleinen Tisch bewegt hat", raunte Wübke.
„Dann seht euch mal die beiden Schaufensterpuppen genauer an", fügte Lieske hinzu. „Die bewegen doch die Augenlider!"
„Zauberei!"
„Hexerei!"
„Diese Insel heißt nicht ohne Grund Töwerland. Lasst uns verschwinden!"
Die drei kleinen Wattwürmer schossen regelrecht aus dem Küstenmuseum und glitschten Wiegand, der vor der Tür stand, fast über den Haufen.
„Beim Klabautermann und seiner bärtigen Großmutter, was ist denn in euch gefahren?!", schimpfte Wiegand.
„Das Museum ist verhext!", erklärte Wübke.
„Wir sind ja auch auf Töwerland!", fügte Siefke hinzu.
„Und hier draußen hat auch jemand gezaubert", stellte Lieske mit zittriger Stimme fest. „Der rostige alte Leuchtturm dort hat sich nämlich auch bewegt."
Im Bruchteil einer Sekunde drehten sich die anderen Wattwürmer um und starrten den Leuchtturm an. Tatsächlich, er bewegte sich. Die vier Wattwürmer schrien auf. In diesem Augenblick packte der kleine

P. Pabst

Leuchtturm sein rostiges Dach wie einen Hut und legte es auf den Boden. Dann nahm er den schwarzen Umhang ab, der seine wahren Farben verborgen hatte.
„Lükko!!!?", riefen die Wattwürmer wie aus einem Mund.
„Na klar, was dachtet ihr denn?", sagte der kleine Leuchtturm und lachte schallend los.
„Dass das Museum verhext sei", schnaufte Wübke erleichtert.
„Nein, das war nur unsere Überraschung für euch!", lachte Lükko. „Das war übrigens Tebbes Idee. Er hat sich den Streich einfallen lassen, damit euch auf Töwerland nicht langweilig wird."
„Nein, langweilig ist uns nicht geworden", gab Wiegand zu. „Aber wo ist Tebbe?"
„Ich ahne es", sagte Lieske. „lasst uns wieder ins Museum gehen."
Als die vier Wattwürmer mit Lükko in der guten Stube erschienen, wurde das Zimmer lebendig. Der zehnbeinige Tisch verwandelte sich in einen lachenden, zehnarmigen Tintenfisch. Die beiden Schaufensterpuppen wurden zu einem kichernden Jan und einer glucksenden Simone, während sich die Kluntjezange als Mytilus zu erkennen gab. Auf dem Kaminsims schüttelte sich der Vogel so heftig, dass lauter falsche Federn durchs Zimmer flogen. Zum Vorschein kam Meta, die blonde Seemöwe.
„Fehlt nur noch Gerda, aber die hat bestimmt wieder keine Zeit gehabt", meinte Wübke.
Kaum hatte sie den Satz ausgesprochen, war ein lautes Blöken zu hören, und das Sitzkissen auf einem der Stühle verwandelte sich in das Deichschaf. Noch einmal war der Aufschrei eines Wattwurms zu hören.
„Die Überraschung ist euch wirklich gelungen", sagte Wiegand.
„Na klar, die Idee stammt ja auch von mir", prahlte Tebbe.
„Ich habe auch eine gute Idee", sagte Lieske.
„Was soll das schon für eine Idee sein!", spottete Tebbe.
„Wir gehen zu Heino und essen Eis!"
„Gute Idee!", strahlte Tebbe.

Peter Pabst

Kegeln auf Kachelot

„Das Eis war klasse!", schmatzte Lieske.
„Das Eis von Heino ist für mich das beste", stimmte Wübke zu.
„Aber nun ist nicht einmal mehr eine leere Eistüte übrig", klagte Tebbe Tintenfisch, der gleich fünf Eis gleichzeitig gegessen hatte. Dank seiner vielen Arme war dies für ihn kein Problem.
„Und was machen wir jetzt? Hat noch jemand eine Idee?", fragte Simone.
„Wir könnten noch fünf Eis essen!", schlug Tebbe vor.
„Nein, danke", schüttelte Simone den Kopf. „So ein großes Eis reicht mir für heute."
„Wir könnten Sanduhren basteln", schlug Lieske vor.
„Das haben wir schon einmal gemacht."
„Bloß das nicht", antwortete Simone. „Ich habe keine Lust, den ganzen Tag Sandkörner zu zählen."
„Aber sonst gehen die Sanduhren nicht genau", bemerkte Siefke.
„Aber wie sieht es mit Kegeln aus? Dabei muss man zwar auch zählen, aber nur bis neun", lachte Tebbe.
„Kegeln! Das ist die Idee!", rief Jan. „Aber dazu brauchen wir eine Kegelbahn. Noch dazu eine, in die auch Lükko passt."
„Das ist überhaupt kein Problem", antwortete Wiegand Wattwurm. „Schließlich leben gleich nebenan auf Kachelot wahre Kegelkünstler."
„Kachelot? Das ist doch nur eine riesige Sandbank westlich von Töwerland", bemerkte Gerda.
„Außerdem darf Kachelot nicht betreten werden. Wegen der Robben. Kachelot ist Naturschutzgebiet."
„Aber in unserem besonderen Fall gibt es eine Ausnahme", erklärte Wiegand, „denn ausgerechnet diese Robben sind unsere Kegelkünstler."
„Na klar!", rief Tebbe. „Denn es sind ja Kegelrobben!"
„Wenn das so ist, sollten wir uns auf den Weg machen", freute sich Simone.
„Also los", gab Wiegand das Kommando, „wir gehen auf Westkurs Richtung Bill und müssen dann das Haaksgatt durchqueren, einen breiten Priel. Das machen Jan, Simone und Gerda am besten auf Lükkos Bauch. Meta kann fliegen, und der Rest von uns ist ja wasserfest."
Eine halbe Stunde später tauchten Wiegand, Wübke, Lieske und Siefke sowie Mytilus und Tebbe aus dem Wasser vor Kachelot auf. Dort wartete bereits Meta, die nur zwei Minuten benötigt hatte, um die riesige Sandbank zu erreichen. Die blonde Seemöwe stand auf dem Kopf einer großen Kegelrobbe und hielt Ausschau nach Lükko, der wie ein dickes Fass auf den Wellen schwamm. Auf seinem Bauch thronten Jan, Simone und Gerda und winkten, während der Leuchtturm mit seinen großen Füßen kräftig paddelte. Es dauert noch ein paar Minuten, dann erreichten auch sie die Sandbank.
„Das ist ja eine Überraschung", brummte Keuke, die Kegelrobbe, auf deren Kopf noch immer Meta stand. „Seit Jahren ist niemand mehr zum Kegeln gekommen."
„Na, dann wird es ja höchste Zeit", freute sich Lükko und stapfte aus dem Wasser. „Tebbe kann gleich mal die Kegel aufstellen. Niemand kann das so gut und so schnell wie er."

„Da haben wir jetzt allerdings ein kleines Problem", sagte Keuke. „Unsere Kegel sind nämlich bei der letzten Sturmflut auf Nimmerwiedersehen in der Nordsee verschwunden. Unsere Kugeln wurden am Strand von Memmert angespült, doch von den Kegeln fehlt bis heute jede Spur."
„Schade", seufzte Simone, „ich hatte mich schon so auf eine Abwechslung gefreut."
„Du hast doch immer eine Idee", forderte Tebbe den kleinen Leuchtturm heraus, doch Lükko suchte vergeblich einen passenden Einfall. Diesmal ging ihm kein Licht auf.
„Wenn's weiter nichts ist", prahlte plötzlich Wübke. „Wozu sind wir Wattwürmer die besten Strandgutsucher der Welt. Wir machen uns die fehlenden Kegel einfach aus Strandgut!"
„Na klar!", lachte Tebbe. „Darauf hätten wir auch selbst kommen können!"
Sofort machten sich Lükko und seine Freunde, die Kegelrobben und die vier Wattwürmer auf die Suche nach geeigneten Fundstücken. Schon nach wenigen Minuten wurden die Wattwürmer fündig. Lieske zog eine große Cola-Flasche hinter sich her.
„Die sieht eigentlich fast wie ein richtiger Kegel aus", meinte Lükko.
„Da kann ich mithalten!", rief Siefke und schleifte einen alten Seemannsstiefel aus dem Spülsaum.
„Das ist doch gar nichts. Seht mal, was ich gefunden habe", sagte Wübke und stellte den arm- und beinlosen Rumpf einer alten Puppe in den Sand.
Auch Keuke hatte Erfolg und zog eine hässliche Vase aus dem Wasser. Tebbe schleppte einen Zaunpfahl an, den Lükko mit seinen Leuchtturmkräften in zwei Teile zerbrach. „So, jetzt fehlen bloß noch drei Kegel."
„Bloß noch zwei", sagte Simone, denn sie hatte einfach eine leere Bierdose mit Sand gefüllt.
„Bloß noch eine", fügte Jan hinzu, der einen dicken Tampen gefunden hatte.
Das letzte Stück Strandgut schleifte Mytilus auf die Sandbank. An einem langen Schnürsenkel zog sie einen alten Turnschuh hinter sich her.
„Besser geht's nicht", lobte Keuke die Sammler. „Und wir schlagen auch noch zwei Fliegen mit einer Klappe. Erstens ist Kachelot wieder einmal blitzsauber und zweitens können wir endlich wieder kegeln."
Mit seinen zehn Armen brauchte Tebbe Tintenfisch nur ein paar Augenblicke, und schon standen die neun Kegel wie in einer richtigen Kegelbahn zum Abräumen bereit. Die anderen glätteten den nassen Sand für die Bahn.
Nun wurden zwei Gruppen gebildet, Lükko und seine Freunde auf der einen – und die Wattwürmer und ein paar Robben auf der anderen Seite. Schon nach den ersten Würfen gingen die Robben in Führung und machten ihrem Namen alle Ehre. Mytilus brauchte dagegen ihre ganze Kraft, um die Kugel überhaupt in Bewegung zu setzen. Jan und Simone fehlte die Übung. So hätten Lükko und seine Freunde fast verloren, hätten sie nicht Tebbe Tintenfisch in ihrer Mannschaft gehabt. Denn mit seinen zehn Armen und einer ganz besonderen Wurftechnik wurde er nicht nur bei allen Boßelwettkämpfen gefürchtet, sondern auch beim Kegeln. Immer wieder räumte er mit einem Wurf alle Neune ab. Am Ende gewannen Lükko und seine Freunde ganz knapp.
„Ein tolles Kegelturnier!", freute sich Simone.
„Das beste Kegelturnier, das das Wattenmeer je erlebt hat!", brummte Keuke.
„Jetzt brauchen wir eine Erfrischung!", sagte Wiegand Wattwurm.
„Wie wäre es mit einem Eis von Heino?", schlug Tebbe vor.

Festland
Sandbank
Peter Pabst

Peter Pabst

Die beste Aussicht

„Alarm! An die Sandgeschütze! Flutet die Priele! Bringt die Schaumkronen in Sicherheit!"
Es war wieder einmal so weit, Tante Regina Regenwurm hatte ihren Besuch angekündigt. Die drei kleinen Wattwürmer brauchten nur diese Ausrufe von ihrem Onkel zu hören und wussten, dass ihre Tante eine Flaschenpost geschrieben hatte. Sie ließen sofort das frische Strandgut liegen, das sie gerade sortieren wollten, und krochen in die Küche.
„Wann trifft die erlauchte Tante ein?", fragte Wübke.
„Sie ist schon da!", beschwerte sich Wiegand Wattwurm. „Sie ist heute in aller Frühe mit der Fähre gekommen und erwartet uns auf der Insel. Hier steht es in dieser Eilflaschenpost, die gerade gekommen ist."
„Warum kommt sie denn nicht zu uns in die Höhle? Jetzt ist doch Ebbe?", fragte Lieske.
„Weil sie die beste Aussicht genießen will. So steht es in ihrem Brief. Sie hat nämlich auf einem Flohmarkt eine alte Postkarte gekauft und möchte nun das dort abgebildete Panorama sehen. Höchstpersönlich und mit eigenen Augen."
„Wenn es unbedingt sein muss", sagte Wübke, „glitschen wir nach Töwerland, bevor Tante Regina hier auftaucht."
„Wo wartet sie denn auf uns?", fragte Lieske.
„Beim Wasserturm", antwortete Wiegand.
„Ach, du grüne Wellhornschnecke!", entfuhr es Siefke. „Dann weiß ich auch schon, welche beste Aussicht sie meint."
„Wir auch", stimmten Lieske und Wübke zu.

Wenig später trafen Wiegand und die drei kleinen Wattwürmer beim Wasserturm ein, dem höchsten Gebäude von Töwerland. Er selbst war 13 Meter hoch und zudem noch auf einer 22 Meter hohen Düne errichtet worden, der höchsten auf der Insel. Obwohl er bereits im Jahr 1928 eingeweiht wurde, war er noch immer in Betrieb und versorgte Insulaner und Gäste mit frischem Wasser und dem nötigen Druck.
Auch Regina Regenwurm schien unter Druck zu stehen, denn sie hatte trotz Sonnenhut und Sonnenschirm einen hochroten Kopf. Neben ihr standen zwei Koffer und eine große Reisetasche im Sand, ihr übliches Gepäck.
„Darum könnt ihr euch später kümmern", begrüßte sie die Tante und zog eine alte Postkarte aus ihrer Reisetasche. „Zuerst möchte ich diese Aussicht genießen. Möglichst noch, bevor die Sonne untergeht."
„Moin", sagte Wiegand und sah sich die Karte an.
„Moin", sagten auch Wübke, Lieske und Siefke und versuchten zu lächeln.
„Beim Klabautermann und seiner bärtigen Großmutter", stöhnte Wiegand, „dieses alte Foto ist tatsächlich oben vom Wasserturm aufgenommen worden. Wahrscheinlich kurz nach der Fertigstellung."
„Also los", sagte die Tante fordernd, „dann zeigt mir den Weg zum Fahrstuhl."
„Das dürfte schwierig werden", stöhnte Wiegand erneut. „Der Wasserturm hat nämlich keinen Fahr-

stuhl. Er ist auch gar nicht auf Besucher eingestellt, sondern eben nur auf Wasser."
„Darum heißt er ja auch Wasserturm", warf Wübke ein, „sonst hieße er ja Aussichtsturm."
„Keinen Fahrstuhl?", murrte Regina Regenwurm. „Bei mir in Oldenburg haben alle höheren Gebäude einen Fahrstuhl. Wie dem auch sei, dann werdet ihr mir wohl einen anderen Weg nach oben zeigen müssen. Aber einen bequemen, wenn ich bitten darf."
„Natürlich darfst du bitten", sagte Wiegand, „aber leider können wir deine Bitte nicht erfüllen."
Regina Regenwurm machte daraufhin ein Gesicht wie ein Platzregen. Da nur Regenwürmer so ein Gesicht machen können, staunten Wübke, Lieske und Siefke nicht schlecht.
„Habt ihr nicht eine Idee?", fragte Wiegand hinter vorgehaltener Hand seine drei Nichten. „Denn wenn uns nichts einfällt, fällt die bei uns ein!"
„Wir könnten Meta eine Flaschenpost schicken", schlug Lieske vor. „Die könnte dann Tante Regina oben auf dem Turm absetzen und später wieder abholen."
„Im Prinzip keine schlechte Idee", sagte Wiegand, „abgesehen natürlich von der unbedeutenden Tatsache, dass die Flaschenpost mindestens einen Tag bis nach Greetsiel benötigt."
„Wir könnten die Feuerwehr rufen", meinte Siefke. „Die haben doch bestimmt eine Leiter, die bis zum Dach des Wasserturms reicht. Die kann Tante Regina dann hinaufkriechen."
„Das klingt auch gut", nickte Wiegand, „doch ich glaube nicht, dass die Feuerwehr von Töwerland so eine lange Leiter besitzt. Es sei denn, sie befürchteten, der Wasserturm könne eines Tages Feuer fangen. Das ist aber doch sehr unwahrscheinlich, oder?"
„Wenn der Wasserturm keinen Fahrstuhl hat", schlug Wübke vor, „dann könnten wir doch einen bauen. Mit dem frischen Strandgut von letzter Woche ist das doch kein Problem. Da war nämlich auch ein alter Block dabei!"
„Block?", wiederholte Regina Regenwurm verwundert.
„Ein Gehäuse aus Holz, in dem sich eine Umlenkrolle befindet", erklärte Wübke dem Landwurm. „Blöcke gibt es auf jedem Fischkutter und jedem Plattbodenschiff, um Leinen umzulenken."
„Gut", stimmte Wiegand schließlich zu, „dann holt das ganze Zeug mal her. Das scheint mir die beste Lösung zu sein."
In Ostwindeseile glitschten die drei kleinen Wattwürmer zurück zur Wohnhöhle und luden ein paar Bretter, den Block, ein langes Seil und Säge, Hammer und Nägel auf eine große Decksplanke, die sich leicht über das Watt ziehen ließ. Dann machten sie sich auf den Rückweg und wurden auch schon sehnsüchtig erwartet.
„Da seid ihr ja endlich!", rief Regina Regenwurm erleichtert aus. „Wird es denn lange dauern, bis ihr den Fahrstuhl installiert habt?"
„Mach dir keine Sorgen", antwortete Wübke, „das geht schnell."
Lieske war die beste Kletterin und nutzte geschickt die Fugen zwischen den Backsteinen, um sich am Wasserturm nach oben zu schlängeln. Dabei zog sie einen dünnen Bindfaden hinter sich her, an dem sie nun das schwere Seil hochziehen konnte. Daran wiederum kletterten Wübke und Siefke auf das Dach des Wasserturms. Nun zogen sie nach und nach das mitgebrachte Material nach oben und zimmerten ein kleines Gerüst mit einem Ausleger, an dem der Block befestigt wurde.

Peter Pabst

An das eine Ende des Seils montierten sie ein Brett, das als Sitz diente.
„Das sieht mir aber ganz nach einem simplen Aufzug und nicht nach einem komfortablen Fahrstuhl aus", bemerkte Regina Regenwurm, nahm aber dennoch Platz.
„An die Trosse! Lichtet den Anker!", rief Wiegand seinen drei Nichten zu, die in die Hände spuckten und die Tante zu sich nach oben zogen.
„Ich wusste gar nicht, dass Regenwürmer so schwer sind", jammerte Lieske und packte noch kräftiger zu. Dann hatten sie es geschafft. Vor ihnen tauchte zuerst der Sonnenschirm und dann der Sonnenhut auf. Wübke schwenkte den Ausleger zur Seite und half der Tante aus ihrem Sitz.
„Nicht sehr bequem, aber sehr praktisch", musste Regina Regenwurm zugeben und klopfte den drei kleinen Wattwürmern nacheinander auf die Schulter.
„Die Aussicht ist wirklich die beste", begann die Tante nun zu schwärmen. „Noch schöner als auf der alten Postkarte!"
„Das Foto ist ja auch schwarzweiß", kicherte Lieske.
„Du hast recht, in Farbe sieht alles noch viel schöner aus", strahlte die Tante. „Ich bin begeistert. Für diese tolle Idee habt ihr euch auch eine dicke Belohnung verdient."
„Ein Sanddorneis?", riefen die drei kleinen Wattwürmer im Chor.
„Nicht doch", entgegnete die Tante, „so etwas ist schädlich für die Zähne. Ich dachte da mehr an ein Fläschchen guten alten Lebertran. Der wird euch stärken, so dass ihr mich bei jedem Besuch auf diesen schönen Turm hieven könnt. Na, ist das nicht eine wunderschöne Belohnung?"
„Eine bessere können wir uns gar nicht vorstellen", antwortete Siefke und machte ein Gesicht, das fast wie ein Platzregen aussah.

Die Suche nach dem Sehzeichen

An einem wunderbar feuchten Tag saß Wiegand Wattwurm in seinem Hörnstuhl und döste gemütlich vor sich hin. Schon lange hatte er auf einen Tag gewartet, an dem nichts zu tun war.
Kein Schlick musste aus seiner Wohnhöhle geschaufelt werden, kein Strandgut sortiert und keine verfaulte Holztür ausgetauscht werden. Und was das Wichtigste war, es hatte sich auch kein Besuch angemeldet, vor allem keiner von Tante Regina Regenwurm.
Also lehnte sich Wiegand zurück, döste weiter vor sich hin und träumte von einem riesigen Sanddorneis. Doch was war das? Plötzlich kam es ihm so vor, als würde er eine weit entfernte Stimme hören, die seinen Namen rief: „Wiegand!"
Unmöglich! Er musste sie wie das Sanddorneis geträumt haben. Kaum hatte er sich wieder auf das Nichtstun und das Dösen konzentriert, war die geheimnisvolle Stimme wieder da: „Wiegand!"
Unruhig glitschte der Wattwurm auf seinem Hörnstuhl hin und her und versuchte, sich stärker als je zuvor auf das Nichtstun zu konzentrieren. Er hatte nicht gedacht, wie schwer das war, denn wieder drang die Stimme an sein Ohr.
Als sie ihn ein viertes Mal störte, gab er auf. Das Nichtstun war ihm zu anstrengend geworden.
Langsam öffnete er die Augen. Vor ihm tauchte ein riesiges Gesicht auf. Fast hätte er laut aufgeschrien, doch gerade noch rechtzeitig erkannte er, dass das Gesicht seinem Vetter Wilke Wattwurm gehörte, der sich über ihn gebeugt hatte.
„Wurm, hast du mich erschreckt!", fuhr Wiegand aus seinem Sessel hoch. Ein Mensch hätte natürlich gesagt: „Mensch, hast du mich erschreckt!" Aber Wiegand war nun mal ein Wattwurm.
„Tut mir leid, das war nicht meine Absicht", entschuldigte sich Wilke. „Ich wollte dich nur ganz vorsichtig wecken. Da habe ich einfach leise deinen Namen gerufen."
„Was gibt es denn so Wichtiges an meinem freien Tag?", fragte Wiegand barsch.
„Ich wollte dich fragen, ob du mir suchen hilfst. Du kennst dich doch so gut aus auf Töwerland."
„Ich kenne Töwerland wie den Westflügel meiner Wohnhöhle", sagte Wiegand stolz. „Aber was suchst du eigentlich?"
„Das neue Sehzeichen!"
„Das neue Sehzeichen?", wiederholten Lieske, Siefke und Wübke im Chor, die das Gespräch der beiden großen Wattwürmer ins Wohnzimmer gelockt hatte.
„Ein neues Sehzeichen?", wiederholte auch Wiegand. „Das möchte ich auch sehen!"
„Na klar, darum heißt es ja auch Sehzeichen, weil man es sehen kann", freute sich Wübke. „Aber wo kann man es denn sehen?"
„Das möchte ich ja von euch wissen", sagte Wilke.

„Ich habe jedenfalls im Radio gehört, dass es auf Juist ein neues Sehzeichen geben soll."
„Das ist ja komisch", bemerkte Wiegand, „davon habe ich ja noch gar nichts gehört. Ihr etwa?"
„Nein", antwortete Lieske. „Dabei dürfte so ein Sehzeichen doch gar nicht zu übersehen sein. Oder seht ihr das anders?"
„Nein", bekräftigte Siefke, „das sehen wir ganz genauso."
„Gut", entschied schließlich Wiegand, „dann sollten wir zusehen, dass wir das neue Sehzeichen finden. Auch wenn dies heute mein freier Tag ist, wir brechen umgehend auf."
„Auf nach Töwerland!", riefen die drei kleinen Wattwürmer im Chor. „Endlich ist es mal wieder so weit. Wir haben schon so lange nichts mehr gesucht."
Doch die Suche war gar nicht so einfach, denn schließlich kannten die Wattwürmer Töwerland von der Bill bis zum Kalfamer und vom Hafen bis zum Strand. Kaum waren sie auf der Insel angekommen, krochen sie ratlos durch die Straßen.
„Zum Loog zu glitschen hat gar keinen Sinn", meinte Lieske. „Da war ich ja erst gestern. Über Nacht haben die dort bestimmt kein Sehzeichen aufgebaut."
„Den Strand haben wir auch erst am Wochenende nach neuem Strandgut abgesucht", sagte Wübke.
„Und die Dünen suchen wir jede Woche nach leeren Dosen und Flaschen ab", fügte Siefke hinzu. „Da müssten wir doch etwas bemerkt haben."
„Da habt ihr eigentlich recht", sagte Wiegand Wattwurm. „Auch Heino und Rufus haben nichts erzählt. Die müssten es doch wissen, wenn man irgendwo auf der Insel ein Sehzeichen gebaut hätte. Bist du sicher, dass du dich nicht verhört hast?"
„Auf keinen Fall!", antwortete Wilke. „Ich bin sogar ein ausgezeichneter Radiohörer."
„Gut, dann lasst uns am besten zum Hafen gehen", schlug Wiegand vor. „Dort hat immer jemand Neuigkeiten zu berichten."
Im Hafen war jedoch kaum Betrieb. Die letzte Fähre für diesen Tag hatte schon vor einer ganzen Weile abgelegt und die letzten Gäste waren längst auf ihren Zimmern. Ein paar Fotografen nutzten die Gelegenheit für das ein oder andere Foto. Auch einige Pärchen schlenderten auf der neuen Seebrücke auf und ab. Das war alles.
„Kein Sehzeichen zu sehen", bemerkte Wilke enttäuscht.
„Vielleicht haben wir von dort oben bessere Sicht", meinte Wübke und kletterte auf den neuen Turm an der Seebrücke.
„Endlich einmal eine gute Idee", meinte Wiegand und folgte seinem Vetter.
Oben angekommen, hielten die fünf Wattwürmer Ausschau in alle Himmelsrichtungen.
„Ich kann immer noch kein Sehzeichen sehen!", sagte Wilke.
„Wie sieht eigentlich so ein Sehzeichen aus?", fragte Wübke.
„Kein Ahnung, ich dachte, ihr wüsstet es", antwortete Wilke. „Schließlich lebt ihr ja auf Töwerland."
„Und wir dachten, du wüsstest genau, was ein Sehzeichen ist", ärgerte sich Wiegand, der immer noch seinem freien Tag nachtrauerte. „Wir kennen nämlich nur Seezeichen. So wie dieses hier, auf dem wir stehen. Es wurde im Sommer 2008 feierlich eingeweiht."
„Genau wie das Sehzeichen, von dem im Radio die Rede war", wunderte sich Wilke.
„Ach, du grüner Hering!", lachte Wübke los. „Jetzt ist mir alles klar. Du hast doch nicht genau aufgepasst und statt Seezeichen Sehzeichen gehört."

Peter Pabst

„Dann war dieses Seezeichen gemeint, dieser schöne schiefe Turm?", fragte Wilke.
„Genau. Er ist schon längst eines der Wahrzeichen von Töwerland", erklärte Wübke.
„Tut mir leid", sagte Wilke kleinlaut.
„Mir auch", seufzte Wiegand, „vor allem um meinen freien Tag."
„Der ist doch noch lange nicht beendet", meinte Lieske. „Wenn du dich beeilst, kannst du noch den ganzen Nachmittag dösen."
„Warum eigentlich nicht?", strahlte Wiegand und wand sich wie eine Schlange den Turm hinunter.
„Und was machen wir?", fragte Wilke.
„Wir sehen uns die Welt von oben an, denn eigentlich hast du dich ja nur ein bisschen verhört. Dieses Seezeichen ist nämlich auch ein Sehzeichen, denn es soll ja von See her gesehen werden. Außerdem kann man von der Plattform hier oben sehr gut auf die See sehen."
„Das werden wir ja sehen", sagte Wilke und lachte.

Glossar

Balje Die Balje oder Juister Balje ist ein großer Priel, eine Art Strom im Meer, der Töwerland von Memmert trennt.

Bill Der Westen von Töwerland heißt Bill. Bill wiederum ist plattdeutsch und bedeutet „Pobacke". Etwa diese Form hat nämlich die Bill.

Kachelot Kachelot ist eine große Sandbank westlich von Töwerland. Ihren Namen verdankt die Sandbank ihrer Form, denn das französische Wort für Pottwal ist „cachalot". Und etwa so sieht die Sandbank aus. Aus Naturschutzgründen darf sie von Menschen nicht betreten werden.

Kalfamer Der Osten von Töwerland heißt Kalfamer, auch ein plattdeutsches Wort, das „Kälberwiese" bedeutet.

Loog Loog ist die älteste Siedlung auf Töwerland. Dieses alte friesische Wort bedeutet schlicht „Dorf".

Ostfriesische Kinderbücher
zum Lesen und Lachen!

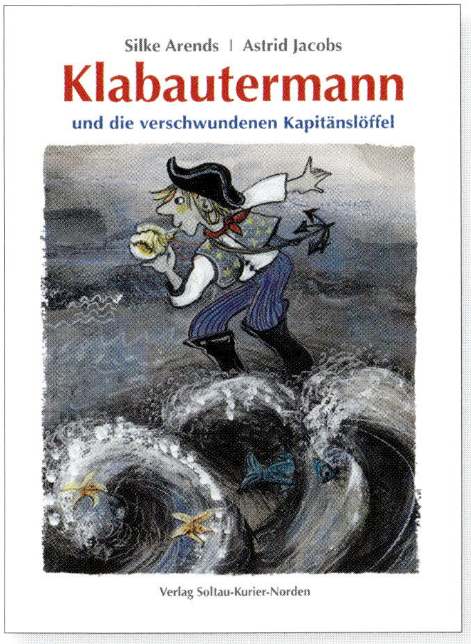

Klabautermann
und die verschwundenen Kapitänslöffel
Silke Arends | Illustrationen: Astrid Jacobs

Wenn man an der Küste aufwächst, lernt man früh, dass es Dinge gibt, die einem wunderbar wundersam erscheinen. Das Leben am Meer ist nie langweilig und wenn so jemand wie Klaas Sünner davon erzählt, bleibt ruckzuck die Zeit stehen. Auch wird dabei die Sonne über dem Watt glutrot und wieder mal der Miesmuscheleintopf kalt, denn der alte Kapitän hat die sieben Weltmeere bereist und Abenteuer erlebt, von denen andere nicht mal zu träumen wagen.
Hinzu kommt, dass Klaas Sünner nicht allein auf seinem Kutter „Ilse" in Carolinensiel lebt. Er hat einen geheimnisvollen Gast an Bord, der irgendwann samt seiner Schatzkiste in der Backskiste eingezogen ist: der Klabautermann, der so manchen Zauberei-Paragraphen erfüllen muss.
Eine zauberhafte Geschichte von Silke Arends für kleine und große Leute mit Faible fürs Meer.

Format 21,5 x 28,5 cm,
48 Seiten mit Illustrationen von Astrid Jacobs,
gebundene Ausstattung, € **14,80**, ISBN 978-3-939870-57-9

Lükko Leuchtturm
und seine Freunde

7. Auflage

Bernd Flessner | Peter Pabst

Wattenmeer und Windmühlen, Seeräuber und der Untergang der Tintanic, Moby Diek und eine seltsame Krabbenpulmaschine: Wo anders sollten Lükko, der kleine Leuchtturm, und seine Freunde zu Hause sein, als bei den Teetrinkern hinterm Deich in Ostfriesland! Dort kennen sie sich aus wie in ihrer Westentasche – Meta, die blonde Möwe, Gerda, das kluge Deichschaf, die Miesmuschel Mytilus und, nicht zu vergessen, Tebbe Tintenfisch.
Mit ihnen erleben der zehnjährige Jan aus dem kleinen Fischerdorf Greetsiel und Urlaubskind Simone aus dem Allgäu Abenteuer in Ostfriesland am laufenden Band.

Band 1: Format: 21 x 23 cm,
104 Seiten, großformatige Illustrationen,
gebundene Ausstattung € **12,40**,
ISBN 978-3-928327-23-7 / 3-928327-23-2